老哥居然
老實說我可愛！
我好高興～！
其實是
繼妹。
5
～總覺得剛來的
繼弟很黏我～
姬野晶
Himeno Akira
高中一年級生。
已經踏出成為
演員的第一步，
同時還是想
繼續撒嬌的繼妹！

如果是老哥，用不著擔心。
一定可以跨越過去！
而且有我陪著啊！

晶，謝謝。
妳真是可靠啊。
真嶋涼太
Majima Ryota
高中二年級生。
和妹妹她們一起去泳池，
還要做為「哥哥」
奮鬥，非常忙碌！

這種感覺——如何呢？
上田陽向
Ueda Hinata
晶的朋友，
涼太好友的妹妹。
個性穩重，
卻在挑泳衣時，
大膽挑戰？

我的泳衣被沖走了，
請幫我找找啦——！
西山和紗
Nishiyama Kazusa
易得意忘形的戲劇社社長。
正值想交男友的年紀。
來到游泳池後，
不斷糾纏涼太……

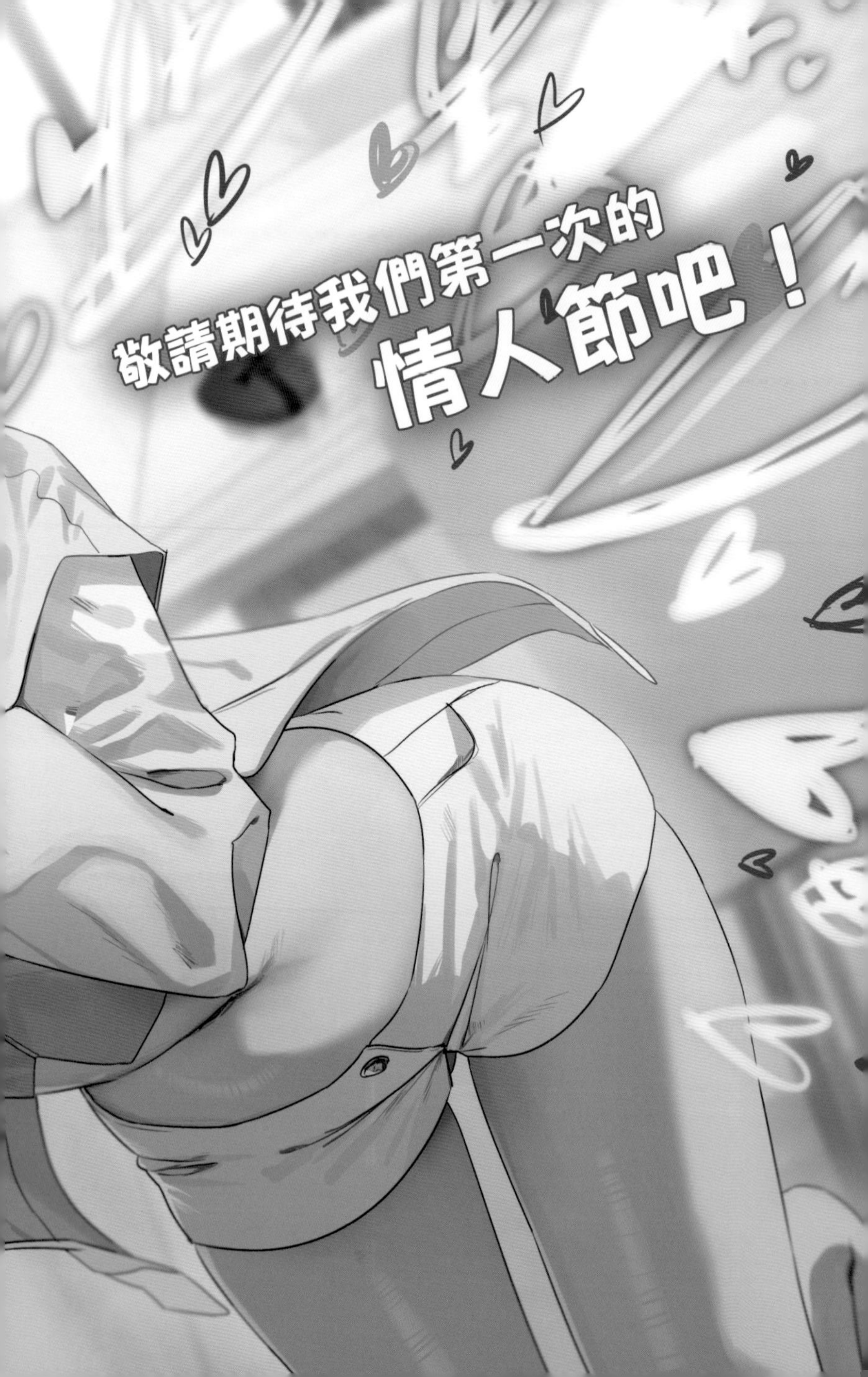
敬請期待我們第一次的
情人節吧！

……要吃嗎？來——
月森結菜
Tsukimori Yuina
涼太的同班女同學。
氣質冷峻，
但個性有點不可思議。
其實有個祕密……？

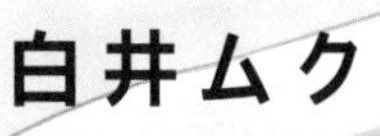

白井ムク
插畫：千種みのり

其實是繼妹。⑤

（妹妹）

～總覺得剛來的繼弟很黏我～

Kadokawa Fantastic Novels

彩頁、內文插畫／千種みのり

contents

第一幕　序章

現在是縣大賽準決賽，第四節剩下兩秒，一秒——

嗶————————！

哨聲響遍整個比賽會場——時間到。

同一時間，蜂鳴器「嘟——」地突如其來發出聲響，追上裁判的哨聲。

激動的裁判高舉右拳，比出犯規的手勢。

接著伸出兩隻手指——

「白色四號！——罰兩球————！」

裁判大吼道。

這時候的我倒在球場上，仰望著天花板。

由上灑落下來的光線好刺眼。

我瞇起雙眼，伸出右手仿照帽簷蓋住眼睛——就這麼擋住光線。

從指縫可以看見光惺走來窺探我的臉。

「有撞到頭嗎？」

「沒有，我勉強護住——了。」

光惺抓著我的右手，把我拉起來。

「你被擋下來了。要是球有進就會算分了。」

「對啊。不過還沒結束——」

分數是五十六比五十八。

要是剛才最後一球有進，我們就會同分。不過我已經在這個延長賽，騙到敵方四號一個犯規。

如果剛才那球有進就會算分，而且還能加罰一球。

只要我罰球進，比賽就會戲劇性逆轉——但這種漫畫般的奇蹟沒有發生。

結果剛才那球沒進。

不過還是換到罰兩球——也就是變成同分的機會。

要是兩球都罰進，就是延長賽。

然而只要一球沒進，我們球隊就確定落敗。

當全場都籠罩在激動之中，光惺直盯著二樓觀眾席然後開口：

「你壓力一定很大，但加油吧……可別射偏了。」

「不要給我壓力啦。」

我無力地回答光惺，他卻輕笑一聲，然後馬上恢復撲克臉。

「……你行嗎？」

「這個嘛，是有點難——」

場上只有我，還有兩個裁判。

偌大的壓迫感和亢奮感不斷襲來，我一個人站上罰球線。

「罰兩球！」

接過裁判傳給我的球後，全場瞬間靜默。

我低頭運了三次球，接著屏息拿起球，直接投出……

——成功。

比賽會場頓時歡聲雷動。

這麼一來就是五十七比五十八——再進一球就追平了。

「涼太學長！拜託你了！」

「涼太——！放輕鬆！再一球！」

聽得見老爸和陽向的聲音從觀眾席傳來。

他們特地來幫我加油，為了他們，這球說什麼都要進。

——不對，我會投進！

「第二球！」

我再次做了自己的罰球前慣例動作——然後把球高舉到額頭。

那一瞬間——

「唔——！」

背板後方——也就是位於正面的觀眾映入眼簾。

我的心跳開始劇烈跳動。

不行。

不要看。

別去意識。

即使腦袋明白，心卻嚴重動搖。我就抱著這樣的心情，投出手上的球。

球劃出一道和緩的拋物線，往球框前進。

但我知道結果。

看過成千上萬顆自己的投籃。

所以清楚到連自己都厭惡。

這一球一定……

……

……哥……

……老哥……………——

＊　＊　＊

「——老哥！」

「唔……！」

猛然睜開雙眼，發現這裡是我的房間，我在自己的床上。

「老哥，你還好嗎！」

「呼……呼……呼……」

我的心跳得很快，呼吸就像喘氣一樣急促。

全身盜汗，整個人已經濕透。

「老哥，真的沒事嗎？我看你很痛苦地在說夢話耶……」

晶在昏暗的室內憂心忡忡地看著我。

夢到討厭的夢了。

看來是夢到過去的記憶，可是為什麼會事到如今——

「你作惡夢了嗎？」

「沒有，我沒事……現在幾點？」

「才三點。」

「這樣啊……——嗯？凌晨三點……？」

「怎麼了嗎？」

「晶，妳為什麼大半夜會在我的房間裡……？」

「你不記得了嗎？」

「完全想不起來……」

為什麼我會和晶一起睡？我有些混亂。

「大概十二點的時候，你說要睡了——」

「對，這邊我還依稀記得。」

「大概一點的時候，我過來確認你是不是已經睡著了——」

「嗯嗯，然後呢？」

「然後你的被窩看起來好暖和，我想說就順便一起睡吧！」

「啊，嗯。那難怪我不記得……不對！妳為什麼每天晚上都擅自鑽進我的被窩啊！」

只見晶用食指抵著下巴，做出苦思的動作。

「嗯～因為我是繼妹（妹妹）？」

「這種歪理最好說得通！」

後來我打開電燈，正襟危坐地在床上和晶面對面。

我不斷說教，要她不可以隨便鑽進哥哥的被窩中。

「——基於上述理由，在一般情況下哥哥和妹妹不會一起睡覺。聽清楚了嗎？」

我徵求她的贊同，晶也「嗯」了一聲並大大點頭。

總算……妳總算明白了嗎？我的妹妹啊——

「那男女就可以一起睡了吧♪」

——好，我失敗了。

後來不用說，我們進入說教延長賽。

結束對晶的說教後，我沖了個澡擺脫一身噁心的汗。

話說回來——我用力緊閉眼睛，用水沖著頭這麼想道。

——為什麼事到如今還會夢見那種夢……

與其說是夢，其實是過去的記憶。

而且還是不願想起的記憶。

如果回憶洗不掉，那至少要把過去蓋掉。

但光是用新的記憶蓋過去，似乎也無法完全欺瞞自己。

要是至少有褪點色就好了。

只可惜想忘卻的記憶，總是異常鮮明。

忘不了的記憶就這麼在不知不覺間受到塗改。

然後緊緊黏在那裡，無法抹消……

第1話「其實我和繼妹過著安穩的日子……真是這樣就好了……」

夢見討厭的夢的隔天早上，也就是一月十一日，星期二。

「「我們出門了。」」

昨天是成年之日，我和晶在這個三天連假中按照慣例慵懶度過，因此現在踩著有些沉重的腳步走出家門。

「老哥，今天開始要上學了耶～」

「對啊，上星期是開學典禮，只有早上要去學校嘛。」

「其實寒假可以再放長一點啊～」

「我也這麼想。」

我和晶同時嘆了口氣。

第三學期從上個星期的一月七日開始。第一天只有開學典禮和班會，之後學生就一起放學了。今天才會正式開始進行課程和社團活動。

放完寒假去學校半天，接著放三天連假來到今天——我猜提不起幹勁的人，一定不只我們兄妹倆。

一言以蔽之，就是懶。

我們的身心都還在放假，提不起平時的幹勁。

——但情況已經由不得我們這麼說了……

「不過第三學期很短，稍微忍一下就可以放春假了。段考也只有二月初那一次，現在或許就是該努力的時候吧？」

「嗯！那為了好好努力，就請老哥讓我充飽電吧！」

「喂喂……」

晶開心地抓著我的手臂，不過說實話，這樣很難走路。

後來我們走了一會兒，晶突然一臉擔憂地仰望我。

「對了，老哥，你昨天夢到什麼啊？」

「咦？」

「你一直呻吟，我真的很擔心耶。覺得很害怕……」

「喔，那個啊——」

我抓了抓後腦杓。

「光惺出現在我夢裡。實在是個惡夢……」

晶被我逗笑，說了聲：「什麼跟什麼啦。」
後來我們隨口閒聊，就這麼往有栖南車站前進。

＊＊＊

在電車中，晶不斷用臉頰蹭我的胸膛。
她的表情與其說是緊張得到緩解，不如說是一臉滿足。
「呵呵。」
「怎麼了？」
「好幸福。」
「……是喔。我倒是覺得很不好意思耶？」
這是慣例的充電。唯有這件事是每天的例行公事。
——話說回來，這個怕生的撒嬌鬼就快進入演藝圈了耶……
真是感觸良多。
剛認識她的時候，作夢都沒想到會變成這樣。
我們從前陣子就一直在等待演藝經紀公司富士製作A的新田亞美小姐聯絡。

寒假時，她曾經聯絡過一次。

包括讓我擔任晶的副經紀人這件事，目前似乎在和高層商量。

她說如果只有晶一個人要進公司，一下子就會有結論，然而現在加上我就會出現一些問題……她還針對這件事稍微挖苦我。

這時不經意低頭，發現晶一臉擔憂地抬頭看我。

「怎麼了？」

我急忙擠出笑容。

「因為老哥又露出在煩惱的表情了……」

「沒事啦。只是在想學校的事……」

接著晶把額頭緊緊貼在我的胸膛，並以會痛的力道摟著我。

她心裡有什麼不安嗎？

……不對，讓她不安的人是我。

我摸了摸她的頭，她這才放鬆力道，但胸口還是留下一股模糊的痛覺。

話說回來，總覺得我最近好像常常笑著模糊焦點耶……

＊＊＊

穿過結城學園前車站的驗票閘門往前走，很快便看到一個頂著熟悉金髮的人和綁著馬尾的人走在一起。

「光惺、陽向，早啊——」

我和晶跑步接近上田兄妹，並順口打招呼，然後像往常一樣四個人一起往學校前進。

「對了，光惺，你昨天出現在我的夢裡喔。」

「那給我通告費。」

「你真的是死要錢耶。那當然是友情客串啊。」

「你一大早就把噁爛渦輪開到最大啊……」

我和光惺你一言我一句，晶和陽向聽了雙雙發出輕笑。

「啊，對了！涼太學長，請你看看這個——」

陽向現在綁在頭髮上的髮圈，是我上個月送的聖誕禮物。那是我和晶在美由貴阿姨介紹的服飾店裡一起挑的款式。

「妳拿來用啦？」

「對！我很喜歡！好看嗎？」

「嗯，很好看，而且很可愛喔。」

「謝謝學長♪」

她特意轉一圈給我看的模樣也很可愛。而我的妹妹在一旁死命扯著自己的短髮，努力試著綁成馬尾的模樣也非常可愛。

後來我們分成哥哥、妹妹兩組，隔了一小段距離走著。

晶她們走在我和光惺前頭，開心聊天的同時一步一步往前走。

我不經意地看向旁邊。

只見光惺也看著陽向，他的表情看起來很平靜，也像是鬆了口氣。

光惺平常都頂著一張臭臉，因此看到這樣的他，我的內心也跟著變得溫柔了一點。

「……你幹嘛啦？」

「沒有啊，沒事。」

「你這種表情讓人有夠火大……」

光惺不是滋味地說道，並抓了抓那頭金髮，若無其事地遮掩羞怯。

＊＊＊

開始上課十分鐘前。

走進教室，運動社團的人已經結束晨練，熱絡地聊著天。在這幅司空見慣的光景中，星野千夏往我們這裡跑來。

「光惺同學、真嶋同學，你們早。」

「星野同學，早啊。」

「早。」

光惺一往自己的座位走去，星野隨即跟上去。

「光惺同學，關於我昨天傳的ＬＩＭＥ啊……」

「抱歉，我聊到一半就睡著了。」

「沒關係，完全沒關係！所以啊——」

「千夏，妳別靠得這麼近。」

「啊，對不起……！然後我要說的是——」

光惺和星野的關係還不錯，至少是會互相問好的交情。

他們不知道什麼時候開始直呼彼此的名字了。聽說他們寒假一直有在傳ＬＩＭＥ聊天。

星野很努力想接近光惺。話雖如此，現在她的身分還是朋友。

她很有毅力，讓人忍不住想替她加油，但我應該要默默在一旁守著吧——這麼看著光惺他們時，換月森結菜過來找我了。

她微微在胸前舉起右手，然後——

「早安，涼……——」

定格了。

「…………」

「…………」

……為什麼要定格？

只見她臉龐微紅，咳了一聲清嗓子。

「——真、真嶋同學，早安。」

「咦？哦，月森同學，早安。」

「那、那雙手套……」

「咦？喔，這個嗎？很保暖，幫了大忙喔。」

我笑著回答，結果她別過視線。

「是喔，那就好……」

這時候，突然發覺她那頭黑長髮的變化。

「奇怪？月森同學，難道妳剪頭髮了？」

「咦……啊，嗯。前天修了一點髮尾……」

月森的臉還是紅紅的，開始用右手食指捲著沒有編髮的右側頭髮。

「其實原本想剪得更短。」

「是喔？長髮很適合妳，剪掉太可惜了。」

「是嗎？」

「至少我是這麼覺得啦。」

「這樣……」

月森害羞地低頭。

她這次改用拇指和食指輕輕抓了一撮頭髮，在梳理的同時往下撫摸。

我看著她，發現了一件無論如何都很在意的事。

「話說回來，妳該不會很累吧？還是沒睡飽？」

「咦？」

「因為妳看，妳的眼睛下面有黑眼圈……」

「這是那個……我並不覺得累。」

「不是就好……」

「謝謝你擔心。我回座位了——」

月森說完，急忙回到自己的座位。

——結果她來找我幹嘛？不對，我是不是不該提她的黑眼圈啊……

我自認是以自己的方式在擔心她的身體狀況。

如果是晶，像這種時候她就會笑著說：「因為我昨天熬夜打電動啦～」當我這麼想，上課鐘聲正好響了。

班導還沒進教室。

所以若無其事地看向坐在窗邊座位的月森。

結果瞬間和月森對上視線——但她很快就看向別處了。

我可能真的讓她覺得不舒服了。

看到她的左手抓著手機。

對了，我送給她的聖誕禮物是手機氣囊支架——

『我會一輩子珍惜……！真嶋同學，謝謝你！』

——她並沒有拿來用。

一想到她其實沒那麼喜歡，不禁覺得可惜，但我很快就改變想法，認為這也不能強求。

——放完寒假，我們這幾個人的相處模式大概就像這樣。

我們之間的關係會再度一點一點產生變化，日常生活也會一點一點產生變化，然後一點一點朝向未來走去。

然而在這當中，我總會疏忽掉某些事。

阿雷西博訊息——

我們之間的距離明明比宇宙還要近，要擷取他人的心聲卻是難如登天。我在不久的未來將會體會到這一點。

＊＊＊

好了——

我要先聲明，我們結城學園戲劇社一直很認真在進行社團活動。

撇除社長偶爾會耍笨，讓人憐憫到難以直視，我們真的是無時無刻都很健全、很真誠、

很認真的社團。

所以這天放學後，當我因為久違的課堂覺得慵懶無力，還是打開戲劇社的門的瞬間——

「真嶋涼太，我等你好久啦！」

看到這個伸出食指指著我的人——

「大家～辛苦啦。」

便完美地無視她，然後走過去，對著面帶苦笑的社團成員打招呼。我之所以會這樣，全是因為以為她又會跟平常一樣要笨……不對，是根本就在要笨了。

「喂，真嶋學長！居然無視我，太過分了吧！」

這位被我無視就氣得跳腳的人，就是我們戲劇社的耍寶人，一言以蔽之，就是很開朗的西山和紗社長。

我嘆了口氣說：「又來了啊。」

「妳那詭異的興致是怎樣啊？再說妳平時就很怪了，今天特別怪耶。」

「唔呵呵，其實啊～我們剛才聊到『好想去游泳池喔』～」

…………啥？

「慢著，我聽不懂妳在說什麼，游泳池？現在是冬天耶？」

而且她剛才說到「我們」，但我看那些「們」並沒有她這麼興致勃勃……

「所以要去室內游泳池啊。」

「廢話。如果這種天氣要去室外游泳池，就算我脾氣再好也會發飆喔。」

「好可怕喲，不可以發飆！」

好煩！

「所以啦，我們去游泳池發洩平日累積的煩躁吧～♪」

「但我的壓力來源有九成都是來自妳啊……？」

我在無奈之中重振旗鼓。

「好吧，那要去哪個游泳池？如果是這附近，就是『K＆F游泳池』吧？」

「就是那裡沒錯！其實天音的爸爸經營的公司有跟他們簽特約，讓員工休假時去放鬆，所以我們可以用特約價喔！」

「瞧妳說的……那也只有員工和員工的家人可以用吧？」

「嘖嘖嘖～其實朋友可以打八折！」

看她一臉得意，明明不是她的貢獻，為什麼還能這麼自豪啊？

不對，我更在意的是「天音的爸爸經營的公司」這個關鍵字。

——伊藤學妹其實是社長千金嗎！

看來她的名號不只「一擊女帝」。

我們明明一起負責幕後工作，我卻完全沒發現。不過經西山這麼說，她沉穩的個性和言行舉止，確實有社長千金的味道。

「事情就是這樣，真嶋學長也一起去吧♪你想去吧！可以看到我們穿泳衣的模樣喔！只能去了吧！對吧、對吧、對吧！」

——這傢伙拚了命想說服我耶……

悄悄瞥了一眼其他成員的臉色，她們臉上依舊是苦笑。因為她們知道，我們社團的社長一變成這樣就沒人能應付了。

只有伊藤一個人愧疚地看著我。

我嘆了一大口氣。

「……那要什麼時候去？」

「太好啦～！學長願意去對吧！我果然最愛真嶋學長的傲嬌了！」

「我、說、了！我才沒有傲嬌！而且還沒說要去——」

「日期就訂在這個星期日！事情就是這樣，真嶋學長……麻煩你啦♪」

好煩……不對，她居然擅自決定日期了。

後來西山意氣風發地前往教職員辦公室，說什麼要申請社團假日活動。

其他社團成員們立刻圍到我身邊。

第一個開口的人是顯得最愧疚的伊藤。

「真嶋學長，對不起……」

「這不是妳的錯，不要道歉啦。」

「老哥說得對。天音不用放在心上啦。」

晶也一起安撫伊藤。

「而且老哥能看到我們穿泳衣的模樣，也很幸福啊。」

「呃……喂！晶，妳給我坐下——」

「好了啦，你們兩個……天音，真的不用放在心上喔。我很期待大家一起去游泳池～」

換陽向站出來安撫了。只見高村、早坂、南都點頭認同，伊藤這才放鬆緊繃的表情，說了聲：「謝謝。」

「別說這個了，為什麼要在這個時期去游泳池啊？」

「這就要說到上個星期的開學典禮了，其實和紗在教室——」

——上個星期五的開學典禮。

『——咦！妳跟男朋友去關島！』

『對啊，跟男朋友去。哎喲～都曬黑了～』

『我們是全家去夏威夷，可是日本人好多喔～然後然後然後啊！大家都跑來搭訕～害我一直說有男朋友，不斷拒絕～！』

『是、是喔……跟男朋友去關島……去夏威夷被人搭訕啊……好好喔……』

『和紗呢？沒有去哪裡玩嗎～？』

『我……——去、去津輕海峽……』

『『咦……？』』

『我的親戚住在青森……啊，不過姑且也算是有去海邊！雖然、雖然沒穿泳衣啦！我、我隨口說說啦……』

隨口說說啦……說說啦……啦……啦……——

「——事情就是這樣……」

——原來如此。

一言以蔽之，就是冬季景致吧。

我猜她一定是一個人坐上渡輪，盯著快凍僵的海鷗哭泣。

「因為沒辦法在冬天的海裡冷冰冰地游泳，才會想到去室內游泳池是吧……」

「她沒有提議去國外旅行，我覺得已經很好了，所以說溜了嘴，順口問她室內游泳池怎麼樣……」

「那她那副格外開朗的模樣是……？」

「我想應該是她用盡全力的故作堅強……」

——也太令人憐憫了吧啊啊啊啊啊啊啊啊啊～～～～………………

宛如有毒氣體的陰暗氣氛在社辦中瀰漫開來。

後來沒有人再說話。大家都覺得一旦開口，就會有某種東西毀壞。

沉默就這麼持續了好一陣子。

後來西山再度意氣風發地回到社辦——

「各位，我準備好了喔～♪申請了社團假日活動，也順便申請交通費——呃，你們聚在一起是怎麼了？」

當我們看見西山的瞬間，就像事先說好般露出開朗的笑容。

晶則是立刻把西山拉到她平常坐的椅子上。

「和、和紗，辛苦了～！妳累不累？一定累了吧？要坐這裡嗎？坐下吧！」

「咦？小、小晶，謝謝妳。」

「哪裡哪裡，不客氣——啊！我去一下洗手間喔！對不起！」

「那個，小……小晶？」

西山好像感覺到某種異樣感，但在她說出口前，晶就先離開社辦了。

這時陽向馬上上前把點心箱拿給西山。

「和紗，若不嫌棄，請吃這些點心。我順便去泡茶——」

「謝謝妳，陽……陽向！」

西山一看到陽向的臉，感到非常驚訝。

「我、我去泡茶喔……嘶……可能會……晚一點才回來……——」

看來陽向再也忍不住了，她按著濕潤的眼角走出社辦。

伊藤見狀，隨著一聲「啊，對了」想起她有一件不存在的急事，接著把尷尬的高村她們帶離社辦。

只剩我還留下——

「西、西山……有什麼是我能替妳做的嗎？只要我做得到，什麼事都行喔。」

「幹嘛突然問這個……？」

「呃……因為妳想嘛，人生世事難料啊。有開心的時候，就會有難過的時候……如果妳有煩惱，我會聽妳訴苦啦……如何？」

「咦？大家是不是都在體恤我什麼啊！」

這就是我們結城學園戲劇社。

今年社團的目標是「我為人人，人人**害**我」。應該吧。

＊＊＊

當天回家的路上，我和晶還有陽向訴苦，說她們離開之後西山瘋狂對我抱怨。儘管是抱怨，其實也只是永無止境地問：「我為什麼沒人要？」

我也只能像紅牛擺飾那樣點著頭，應聲回答：「嗯。」最後西山撂下一句：「這次去游泳池，我一定會拿出真本事！」就這樣滿是幹勁地走了。

唉，希望她不要白費力氣就好了。雖然我覺得她一定會啦。

「——大概就是這樣。看她那樣應該是沒事啦……」

「有老哥在真的幫了大忙～」

晶沒信心地說著。

「像這種事，我就沒辦法給她什麼建議……」

「不過我這個男的適不適合，倒也很微妙啦。」

「沒有這種事。涼太學長最適合。大家都很依賴你啊。」

當我反問：「是喔？」陽向也開朗地回答：「對。」

「我覺得面對涼太學長很好開口，還是應該說很療癒——只要找你商量，你都會設身處地替人著想，所以總是會依賴你。我想大家應該也是這種感覺喔。」

「這我也懂。總會覺得老哥不管什麼難題都能解決。」

「喂喂，妳們把我捧得太高了啦……」

「老哥，以後也拜託你照顧啦！」

「涼太學長，未來也麻煩你照顧了喔♪」

與其說我覺得害羞，不如說實在沒什麼信心。

即使如此，她們還是依靠這樣的我，對我釋出笑容。

我想回報她們兩人，還有身邊所有人的信賴，也想更有自信一點……可是——

「事情就是這樣，所以陽向，妳要不要拜託老哥那件事？」

「啊，嗯……其實我覺得很不好意思，但如果是涼太學長……」

「咦？什麼那件事？而且還很不好意思……妳們怎麼了……嗎──唔！」

話還沒說完，她們突然架住我的兩隻手臂。

當我嚇得不知所措，她們雙雙由下往上以央求的眼神看我──咦？什麼？

不管看向右邊──

「老哥，我跟你說。這是我們很重要的請求……」

還是左邊──

「涼太學長拜託，這種事也只能拜託你了……」

──她們兩人無與倫比地可愛。

這種奸詐等級的可愛是什麼啊？

「要……要拜託我……是要做什麼啊……？」

身為一個哥哥，同時身為一個男人，這是絕對不能拒絕的走向。

1 JANUARY

1月11日（二）

昨天偷偷溜進老哥的房間裡，結果他居然作惡夢呻吟！

第一次看到老哥那麼痛苦，嚇死了，可是之後卻是說教時間。

他說我不可以隨便鑽進他的被窩……我快哭了……

但是學不乖的我，今天也打算積極進攻！

話說回來，總～覺得最近的老哥讓人放心不下。

他是不是用笑容在搪塞我啊？

看他總是在想事情，問他：「怎麼了？」也只會矇混過去……

如果有什麼心事，希望他都能說出來。想是這麼想，但會不會是想說也沒辦法說的事啊？

就算這樣，如果他有煩惱，我還是想聽他說出來，也想知道啊～

大家都很依賴老哥，所以他一定扛著很多問題吧……

我也是依賴著老哥的其中一個人，這次一定要換我回報他！

老哥，假如你有什麼煩惱，我都會陪著喔！

還有一件事，下個星期日戲劇社要一起去游泳池！

所以我跟陽向計劃了很多事～！

老哥，要好好期待星期六我們三個人會去哪裡喔！

事情就是這樣，在睡覺之前……

我要進攻老哥的房間了——！

又被罵了，嗚嗚……

今晚要獨自淚濕枕頭……

第2話「其實我要陪繼妹她們去買泳衣了……」

Jitsuha imouto deshita.

如此這般，今天是一月十五日，星期六。

這天中午過後，我們來到大型購物商場。

今天的主角是晶和陽向，我只是陪同。但是——

「晶，妳要選什麼樣的泳衣啊？」

「嗯……我還在想。老哥覺得什麼款式比較好啊？」

「不要問我啦……」

「咦～？機會難得，老哥幫我選啊～」

「辦不到……」

——好死不死，偏偏是陪這兩個人來挑泳衣。

這裡有無關季節，全年都會賣泳衣的專賣店。晶她們為了明天的游泳池行程，要買一件新的泳衣。

她們在買之前開心地聊天，而我則是緊跟在她們身後。可是——

「我想買稍微成熟一點的款式～」

「陽向身材很好，一定每一種款式都很好看。我卻是幼兒體型……」

「沒有這種事啦。妳的身材比較好啦。我其實有點……」

「有點什麼？」

「沒有，還是不說了……唉……」

——如各位所見，我身為一個男人就近聽到這種對話，心情實在是很複雜。

追根究柢她們會邀我出來，也不是為了選泳衣，真正的理由其實是為了那間咖啡廳。

新的一年開始後「洋風餐館・卡農」的旗下咖啡廳，在這家商場的美食街開幕。店名取自我們居住的這個有栖（Alice）町，叫做「Alice」。

他們的甜點很快就在社群網站上蔚為討論，不只好吃還很「上相」。

她們兩人在學校談到「好想去那間爆紅的咖啡廳喔～」結果很巧地，戲劇社正好提起要去游泳池的話題——

要去買新的泳衣才行——那只能去那間一年三百六十五天都有泳衣的店了——這麼說來「Alice」也在那邊耶——那就叫老哥帶我們去吧——就這麼辦！

——話題的走向好像是這樣。

話說回來，為何談到一半就冒出「老哥」啊？……是沒差啦。

不過在她們邀我的時候，真的以為腦袋要噴出火花了。總之那個破壞力非常驚人，她們那麼可愛，根本無法拒絕。大概連光惺都會沒轍。

順帶一提我也有邀光惺，但他還是老樣子說要打工。那隻臭工蟻……

話說回來——我看著和晶有說有笑的陽向。

這家購物商場是聖誕節前，我和陽向一起來的地方。

那次之後，一個月就快過去了。一想到當時真的發生了不少事，就覺得感觸良多。

「……涼太學長？你怎麼了？」

我碰巧和陽向對上視線。

「啊，呃……希望妳們能看到喜歡的泳衣。」

「對啊！」

＊＊＊

我們走進店內，站在男用泳衣和女用泳衣之間。

「那我跟陽向去挑泳衣，老哥就在附近逛逛吧。」

「知、知道了……」

「學長怎麼了嗎？」

「沒有啦，就是……啊哈哈哈……」

我果然開始覺得尷尬了。晚一點還要等她們試穿，然後在看過她們穿泳衣的模樣後，說出感想才行。

「老哥想要快點看到陽向穿泳衣的模樣啦……」

「什！」「唔耶！」

我和陽向的臉同時漲紅。

「妳……我沒說過那種話吧！」

「因為都寫在你的臉上啊。」

「陽向，妳別誤會！我沒有那個意思……！」

「也、也是啦……想也知道涼太學長對我穿泳衣的模樣沒興趣嘛……」

——哇咧！

「啊，不是啦，也不是這樣……！」

我該怎麼回答才正確？要是回答「有興趣」就正中晶的下懷。但要是回答「沒興趣」，陽向又會很沮喪……真是個難題。

總之晶晚一點要接受我的說教，現在必須先哄陽向開心——

「陽向，我跟妳說——」

「陽向！這下子要選一套讓老哥嚇死的泳衣，給他好看才行！」

「妳、妳說得對……嗯！我會加油！」

——我說妳幹嘛火上加油啦——！

晶不管我面紅耳赤地生氣，以不懷好意的笑容推著陽向的背，前往女用泳衣的區域。

＊＊＊

——一會兒後。

我站在更衣間前尷尬地等著她們換好泳衣。

陽向在百般煩惱之後，終於把選項縮小到兩件。

另一方面，至於晶——

「我選好游泳池要穿的泳衣嘍♪」

她以滿面的笑容說著——不過游泳池要穿的？游泳池要穿的是什麼意思……？

泳衣的用途除了去游泳池穿，我也只想得到海邊……但先算了吧。

儘管感到有些弔詭，還是等待她們換好泳衣。這時候，兩個並排的更衣間的其中一間，也就是右邊的布簾「唰」的一聲拉開。

「涼太學長，你覺得怎麼樣……？」

先換好泳衣的人是陽向，不過——

「妳、妳這是……」

「是不是挑戰過頭了……？」

陽向選的款式是所謂的掛頸式肩帶比基尼，是用繩子繞到後頸打結或固定的款式。

陽向富有女人味的曲線——諸如胸圍以及臀圍等，都被強調得更明顯。

就「成熟」這點來說恰到好處，但如此一來，我實在不知道應該看哪裡才好。

然而陽向卻拉起左側的肩帶，歪頭發出「嗯……」的聲音。

「妳不喜歡嗎？」

「對……我還是覺得有摺邊的比較好……」

——摺邊啊……

以前美由貴阿姨說過。服飾所說的摺邊（Flare）是指「像牽牛花那樣的喇叭狀開口」，而不是奇幻故事中的火焰魔法。

當布料像牽牛花那樣輕盈地敞開，便會形成波浪狀的線條，營造出優雅、成熟的韻味。

我聽了這席話，默默認同。

成熟一句話很簡單，但也分很多種。大致可分成高雅和性感——我想陽向就是在煩惱要走哪一條路線吧。

只不過，泳衣根據花樣和設計款式，摺邊看起來可能會像是幼稚的荷葉邊——她大概就是為了這一點在煩惱吧。

「我問妳喔，妳是想要顯得更穩重成熟嗎？」

「啊，不是，我不是那個意思……」

看來我猜錯了……嗯。

「不然妳在煩惱什麼？花樣嗎？」

我才剛說完，陽向突然漲紅臉，雙手食指不斷互戳，並壓低了聲音說：

「涼太學長，你的耳朵可以過來一下嗎……？」

「咦？」

「……竊竊私語……」

——原、原來如此，這樣啊……

「不、不會啦，我覺得妳不用這麼在意啦……」

「可是我過年的時候吃太多了，還是很在意這一帶……」

如此說道的陽向捏了捏肚子旁邊的肉。

那動作就像以前電視上的蒟蒻果凍廣告——不不，她身上才沒有豐滿到可以捏的肉。她會不會想太多了啊？

「如果有摺邊就可以遮了……」

「不然有摺邊跟沒摺邊的泳衣，妳喜歡哪一種？」

「呃，應該是沒摺邊的吧……」

「嗯，我也覺得妳穿沒摺邊的比較好看喔。假如……妳會很在意，在外面套一件T恤就行了吧？」

「說、說得也是！我知道了，那這件就是候補。謝謝學長！」

接著布簾「唰」的一聲關上，我確認布簾確實拉好後，大大嘆了口氣。

這時晶從左邊更衣間的布簾縫隙探出一顆頭。

「老哥、老哥。」

「嗯？妳換好了嗎？」

「嗯，你想看嗎？想看嗎？」

晶露出調皮的笑容，但其實根本不好意思秀給我看，臉頰都紅透了。

「如……如果妳覺得不用給我看，那我就不看啊……」

「所以你不想看？」

「不行啊，要是不先看一下，感覺妳會選很離譜的款式……」

「我的臉皮再怎麼厚，被人看還是會不好意思好嗎？所以——」

晶快速拉開布簾，雖然害羞還是一臉得意。

我瞬間看傻了眼。

站在眼前的人，並不是鑽進暖桌耍廢打電動的妹妹，而是在水中自由游動的活潑少女。

「欸嘿嘿～這件怎麼樣？好看嗎～？」

晶挑選的泳衣是緊身泳衣，很像潛水、衝浪時會穿的防曬水母衣。而且是手臂末端和膝下都完全包住的款式。

這身泳衣配上她的短髮，要是再曬黑就是個完美的游泳女孩了。

而且重要的是……這張牌怎麼會打得這麼安全啊！

看到這張安全牌，我感動到拍手叫好。

「就是這樣！妳肯做還是做得到嘛！」

「對吧?不知道為什麼,我從以前開始穿這個就很合身呢~」

如此說道的晶露出靦腆的笑容轉了一圈。

「哎呀~不管從哪個角度看,都超安全的!安全得很棒喔!」

「討厭啦,我會不好意思……呃……咦?安全?聽起來不怎麼開心耶……」

晶瞇起眼睛盯著我,這時右邊的布簾「唰」一聲打開。

「涼太學長,這件怎麼樣呢……?」

「唔————!」

我現在極為煩惱該怎麼回答。

陽向身上穿著多層次鏤空比基尼,在主觀的印象中,是那種很像辣妹的大姊姊會穿的性感泳衣。

為了配合這件泳衣,陽向也把馬尾放下來了。

她現在這副模樣,不只和平常文靜、清純的形象產生巨大的反差,加上被那雙害羞的眼眸由下往上仰望……我一句話都說不出來。

「後面是這種感覺——學長覺得怎麼樣?」

拜託,我真的不知道該怎麼回答。不管從哪個角度看——

「好性感~性感到讓人好心動——都寫在老哥臉上了啦!嗯~!」

晶鬧彆扭地瞪著我。

不過我的臉有她說的那麼吵嗎？

「不、不是，沒有啦，是因為我腦中有她平常的形象啊……」

「你的臉都紅了！唔唔～！」

「不是啊，我都說這是……」

「我要再去重選一件！老哥，你等著看吧！唔唔唔唔唔——！」

——出現了，妹妹的臉上也寫著「唔唔唔唔唔」幾個大字……

晶以要給我好看的氣勢，用力拉上布簾。

我和陽向面面相覷，氣氛變得有些尷尬。

「那個……陽向……我是覺得……很適合妳啦，只是……」

「說得也是！這件果然不算數！」

陽向說完，急忙拉上布簾。

我只是陪她們在這裡試穿。

可是為什麼身體會像已經在游泳池玩過一輪那樣，覺得疲憊不已呢……

＊＊＊

──結果到頭來……

後來我遭到免職，她們要我當天敬請期待。

我在她們挑選泳衣的期間，坐在購物商場中隨處可見的長椅上修養疲憊的身心，並等待她們。

有一搭沒一搭地滑手機消磨時間時──

「──真嶋同學？」

突然有一道清澈又美麗的熟悉嗓音傳進耳裡。

轉頭望向旁邊，隨即看到一臉訝異的月森。

對了，之前也是在這裡遇見她……

「咦？是月森同學……啊，還有……」

之所以下意識含糊其詞，是因為她不是一個人。

我和陽向一起出門那天──月森是和星野一起來到這裡，她今天卻帶著兩個女孩子。一個看起來是國中生，另一個則是小學高年級左右。

——是她的妹妹嗎？不過，怪了……？

「妳、妳們好。」

「你好，一個人來買東西嗎？」

「不是，我今天和妹妹她們一起來……」

我這次之所以又含糊其詞，是因為想起月森以前說過，她有兩個弟弟。

第二學期期末考讀書會時，記得她有提過她家有國三和小五的弟弟，還說他們現在正值臭屁的年紀。

可是她身邊現在卻是兩個疑似妹妹的女孩子。

——是我記錯了嗎？還是親戚的小孩呢？

當我不知如何應對時——

「**結姊**，這個哥哥是誰？」

年紀最小的女孩拉了拉月森的手問道。

月森的名字是結菜，所以才會叫她「結姊」吧。

「他叫真嶋涼太，是我的同班同學——來，若葉、夏樹，跟人家打個招呼。」

月森以沉穩的口吻要她們打招呼。

這時候，那個國中年紀的女孩急忙躲到月森身後，似乎是怕生。

另外一個小女孩率先來到我面前。這個女孩和月森很像，長得很俊美，但另一方面也擁有晶那種中性的容貌。她的膚色被陽光曬得比較黑，看起來是個活潑的女孩。

「本大爺叫月森若葉！請多多指教！」

她發出清晰的嗓音，笑著對我伸出右手。不過——本大爺……？

「好，呃……我是真嶋涼太。請多指教。」

我有些畏怯地和她握手。

隨後她還握拳，把手伸到我面前。儘管心生困惑，我依舊握拳輕輕碰了她的拳頭，她再度咧嘴一笑。

——話說回來，是「自稱本大爺的女孩」啊。

她是個性開朗而且不怕生的女孩，感覺在學校有很多男生朋友，女生們也都很喜歡她。

「叫本大爺若葉就行了喔。」

「那我就叫妳若葉……」

「本大爺就直問了，真嶋大哥喜歡結姊嗎？」

「喜……咦咦！」

面對這句很有小孩子風格的快言快語，我慌了手腳。結果月森隨著一句「不要鬧」紅著臉介入我們。

「若葉，妳這樣真嶋同學會很為難耶。」

月森斥責著笑得天真無邪的若葉。

「啊哈哈哈，你們兩個人都臉紅了耶♪」

她嘻嘻竊笑，絲毫看不出有反省的意思。看來是個很擅長嘲弄他人的孩子。

過了一會兒，我和月森才頂著紅通通的臉面對彼此。

「真嶋同學，對不起……」

「不會啦，我沒有放在心上喔……」

當我苦笑回答，躲在月森身後的另一個女孩走了出來。

她有些慌張地來到我面前後，卻又開始忸怩，摸著自己的瀏海欲言又止。看來初次見面的人近距離站在眼前，讓她非常緊張。

就給人的印象來說，她感覺就像會彈古典鋼琴樂曲，或是在管樂社吹奏長笛——總之就是像那樣清純、纖弱柔美的女孩子。

「我……我叫月森夏樹……」

她好不容易才擠出的聲音，卻小聲得可憐，不過是跟月森很像的美麗嗓音。

她的聲音比月森稍高，如果是在合唱團，就是負責女高音了。

「夏樹同學啊。請多指教。」

我露出微笑想緩減她的緊張，但她還是有些不自在。

「稱呼我『同學』，不太……」

「不然要叫小夏樹？」

「呃……你也可以直接叫名字……叫我夏樹……」

──哦哦，和晶一樣是「自稱我（註：日文原文『僕』，中文意思同為『我』）的女孩」。

「那夏樹，請多指教了。」

「啊嗚……！」

「怎、怎麼了！」

夏樹的臉變得比剛才還要紅，而且顯得驚慌失措。

「因為我覺得你很成熟、很帥氣……比如臉啦、聲音啦……」

「不不不，沒有那種事啦，啊哈哈哈哈……」

……嗯。

果然是個老實又聰慧的女孩。

「夏樹，先跟若葉去遊樂區好嗎？」

這時月森對夏樹她們這麼說。

「好──若葉，走吧。」

「嗯！那結姊就跟真嶋大哥慢慢來吧～♪」

「若葉，不要亂說話！」

結果月森根本來不及抓住若葉，她就往遊樂區逃跑了。

夏樹跟著追上去，但她途中停下，回過頭低頭致意後才再度追上去。

月森無奈地嘆了口氣。

「對不起，若葉的個性就是那樣……」

「我不在意喔，而且很慶幸能看到難得的場面。」

「難得的場面？」

「原來妳也會生氣啊？」

月森的臉又紅了，想必是覺得很難為情吧。

「那、那個……我平常不會這麼愛生氣……是偶爾……」

月森將右側的頭髮拉到前方，擋住紅透的臉龐。她會有這種反應也很稀奇。

「話說回來弟妹這麼多，當姊姊的也很辛苦吧？」

「嗯，偶爾會很辛苦。不過我習慣了……」

月森露出微笑，但是夏樹和若葉在等她。

還是別把她留在這裡太久比較好。

「月森同學，若葉她們應該在等妳吧？」

「嗯。真嶋同學，謝謝你。再見——」

月森有些慌張地趕往遊樂區。

＊　＊　＊

後來過了一會兒，晶和陽向一臉滿足地提著手裡的袋子往這裡走來。

「老哥，久等啦～！」

「涼太學長，對不起，我們逛這麼久。」

「不會，完全沒關係。有選到喜歡的嗎？」

「萬無一失！對吧？陽向♪」

「嗯♪多虧有涼太學長的建議。」

「不不不，我什麼都沒做……——既然買好了，我們去咖啡廳吧？」

「嗯！」「好！」

就這樣，我們走向遊樂區的反方向，往美食街前進。

＊＊＊

「──咦！富士製作A！」

陽向隔著一張桌子坐在我和晶的對面。當她發出這道驚呼，已經是在享用咖啡廳「Alice」的經典甜點之後了。因為她聽到晶受到挖角的事。

我和晶從兩、三天前就決定要今天告訴她。反過來說，之所以一直瞞到今天，也是因為想要好好坐下來跟她說。

晶想要慎重地說出這件事，尤其是對陽向。

她不想把這件事當成一個隨性的話題，在放學回家的路上或是在LIME上解決。

我想晶也有她自己的想法。

「妳**也**被挖角了嗎！」

驚訝的順序很快就輪到晶了。

「妳說『也』的意思……難道妳也是？」

「嗯……我也被富士製作A挖角，是一位叫新田亞美的小姐……」

「其實我也是碰到這個人……」

雙方都是晴天霹靂。

由於太過驚訝，她們兩人之間陷入一小段沉默。

只有一個人，也就是在一旁看的我不驚訝。

「晶，抱歉。其實我有聽陽向提起挖角的事。但現在才知道是富士製作A——」

——感覺真不是滋味呢……

到頭來我們全都在新田小姐的掌握之中。

在陽向告訴我挖角的事之前，新田小姐就已經跟我說了「某對兄妹」的故事。而現在事實證明，陽向被富士製作A挖角……

既然如此「某對兄妹」的妹妹——想是這樣想，我只能把這件事藏在心裡了。因此在心情上，各方面都覺得很複雜。

「這樣啊……陽向有跟老哥提過啊。」

「晶，對不起喔……原本是想做好決定之後再跟妳說。我之前對涼太學長說以後會努力演戲，然後才順勢提到這件事……」

陽向愧疚地說道。

「沒關係，我一點都不介意喔。而且我才覺得抱歉，一直瞞著妳。我跟老哥商量過，想要今天把這件事告訴妳。」

後來我和晶把挖角的原由始末都告訴陽向——

「——後來我們說好，要讓我當晶的副經紀人，事情才告一段落。」

「涼太學長要當晶的副經紀人？」

「啊哈哈哈……但因為我提出這個要求，害新田小姐現在似乎跟上頭起衝突了。」

「原來是這樣啊……」

陽向稍微思索了一下。

「涼太學長，你偶爾會為了晶做出大膽的行動耶。」

「妳嚇傻了？」

「沒有，我覺得這很讓人羨慕。因為我那個哥哥絕對不會想這麼做，一想到晶倍受學長的呵護，就好羨慕。」

陽向看著晶露出嫣然一笑，晶看了害羞地低頭。

對了，陽向說她想要好好思考是否接受挖角，也說想跟我商量這件事。

「陽向打算怎麼回答對方的挖角？」

「這個嘛……因為還有徵選會要參加，我想再多思考一下。」

「這樣啊，還有徵選會啊……」

——嗯？

「「徵選會！」」

我和晶瞬間發出嚇傻的叫聲，一旁的客人們都盯著我們看。

1 JANUARY

1月15日（六）

今天我跟老哥還有陽向三個人去逛購物商場！

出門逛街的理由有三個……

・要買跟戲劇社的人去游泳池時穿的泳衣。

・去新開的咖啡廳「Alice」吃東西。

・跟老哥約會♡

本來想叫老哥幫忙挑泳衣，可是他從頭到尾只會說：「挑安全牌比較好。」

他的意思是不想讓別人看到我的肌膚吧？這樣解釋對吧？

我覺得自己倍受老哥重視。

可是他卻會用有色眼光看著陽向的泳衣，那是怎樣啊？

我當然也知道陽向跟我不一樣，身材很好，人也長得很可愛，又很成熟，所以她才會選比較大膽的泳衣，可是我也希望聽到老哥說我可愛啊！

所以跟陽向商量後，決定稍微大膽一點！

我要用這件泳衣在游泳池鎖定老哥進攻，讓他心頭小鹿亂撞！

所以老哥，敬請期待吧♪

第3話「其實繼妹和月森家混熟（？）了……」

Jitsuha imouto deshita.

陽向說她還要準備晚餐，所以先回家了。

我和晶因為她剛才說的徵選會，都覺得頭痛不已。

「新田小姐沒跟我提過這件事……」

「說不定要等她跟公司談妥挖角的事後，才會跟妳說吧？」

根據陽向所說——

以富士製作A的做法來說，在被挖角後就要報名隨時會舉行的甄選會。

首先進行書面甄選（話雖如此，會附上挖角者的推薦函），看合格與否。通過書面甄選的人才會參加甄選會，再根據合格與否進行簽約。

我們都以為有人挖角就可以馬上簽約。

實際上確實有些經紀公司是如此，但如果是大公司，篩選通常都很嚴謹。

經陽向這麼一說，我也恍然大悟。

「我沒去過培訓學校，沒問題嗎？」

「人家就是覺得沒問題，才會挖角妳吧……」

以新田小姐的個性來說，她不可能不把重要的事告訴我們。應該有什麼考量吧。她就是這種人。

「不過真沒想到陽向也被挖角了耶。」

「妳覺得心情很複雜嗎？」

「不會，被挖角的人是她，我覺得很正常——老哥之所以沒把這件事告訴我，是因為陽向還在猶豫嗎？」

「對啊。我想一旦她下定決心，應該會自己告訴妳。而且她實際上是真的還沒想好要怎麼做。」

我依舊很在意陽向最後會怎麼做。

此外還有一個人——我猜光惺應該也被挖角了。

光惺從未提起這類話題，上田兄妹未來會變成什麼樣子呢？

「不過啊，如果可以跟陽向一起我也比較放心。」

「是啊——既然這樣，當妳們都通過甄選，我就沒有用武之處了吧？」

「如果老哥不在，我絕對不要！」

我明明只是開個玩笑，晶的語氣卻比我想的還要激動。

「只是嘴上說說啦。再說我也不打算退出，不當妳的副經紀人——但也因為這件事，給新田小姐添麻煩就是了……」

我面露苦笑，晶則是一臉不安。

「老哥……」

「怎樣？」

「不管發生什麼事，我們以後都要一直在一起喔。」

「喂，別搞這套。這完全就是死亡預告。」

「不然我應該說什麼才對嘛？」

「這個嘛……——」

我想了一下。

「——你可要捨命陪君子喔，之類的？」

晶聽了，歪頭發出「嗯～」的聲音。

「這句話是建立在友情之上的吧？就像接下來要挑戰困難的事件，或是要去打大魔王的時候，表示夥伴之間的信賴關係……」

我說了聲「對啊」，然後莫名其妙噗嗤笑出來。晶也被我傳染，跟著大笑。

「不過我喜歡這句話。」

「是嗎？」

「既然這樣——」

晶把右手伸到我面前。

「——老哥，你可要捨命陪君子喔！」

「妳也一樣，可要一直陪著我啊，晶！」

我們緊緊握住彼此的手，這讓我想起和晶認識的那一天。

『……可以用名字叫我喔。』

那天之後我們之間的距離一口氣縮短。

不只是兄妹之間的距離，男女之間的距離也是……

現在雖然像這樣持續保持平行線——但是對現在的我們來說，這樣的距離或許才比較剛好吧。

既然下定決心了，我當然也會捨命陪晶，然而——

「那老哥，現在就陪我去約會吧！捨、命、陪、君、子！」

……啊，慘了。

＊＊＊

我們走出咖啡廳後，前往遊樂區。

「欸嘿嘿嘿～♪跟老哥約會♪跟老哥約會♪」

「就說這不是約會了……」

「不要害羞啦。」

「我沒有！」

當我擔心會不會被人聽見我們這一連串對話而望向周遭時，正好看見月森她們在旁邊玩夾娃娃機。

——難得碰面了，把晶介紹給她們認識吧。

「晶，妳看那邊——」

「咦？那三個女生怎麼了嗎？」

「是月森同學。記得嗎？就是我說的理工女——」

「呃！月森學姊！」

晶一臉訝異。

「喂喂，妳可別在本人面前表現出這麼失禮的態度喔。」

「我、我知道啦……咦？本人面前？」

「難得碰面，去打個招呼吧。」

「咦咦！」

「好了，別叫了，走吧——」

「老、老哥，等一下啦～！」

晶已經克服怕生的毛病了……我覺得啦。

不過和新田小姐見面的時候，我就有這種感覺了，她面對初次見面的人，還是有很強的戒心。

想到她要進演藝圈，為了她好，更習慣接觸陌生人會比較好吧。

——而且也想向月森同學介紹我引以為傲的妹妹啊。

於是就這樣帶著晶走近月森同學她們。

「月森同學，又見面了。」

「真嶋同學……啊……」

月森很快看見躲在我背後的晶。

「她就是小晶？」

「嗯——來，晶。跟月森同學她們打個招呼吧。」

晶害羞地低著頭從我的背後走出來，然後抓著我的衣袖。

「我、我是姬野晶……」

接著夏樹驚訝地「咦！」了一聲。

「真嶋大哥有女朋友嗎！」

聞言連我都跟著驚慌。

我想她應該是對「姬野」這個姓氏產生反應了——

「——不對，不是啦，夏樹。我和晶是——」

「也、也對啦！如果是真嶋大哥，有一、兩個女朋友也不足為奇嘛……」

「拜託，有兩個人就奇怪了吧？」

至少我沒有那種能耐。

而且現在因為這個妹妹就夠忙了，實在沒空交女朋友……

過了一會兒後，我說出晶是名義上的妹妹，夏樹才終於明白。

若葉歪著頭，搞不太懂什麼是名義上的妹妹，不過還是有聽懂晶是我的妹妹，開朗地舉手發言。

「本大爺叫若葉！請多多指教！」

「啊，呃……我是夏樹……對不起，剛才有奇怪的誤會……」

當若葉和夏樹對晶打招呼，晶才終於抬起頭，彆扭地回應。

而當她和月森四目相交時——

「幸會，我是和妳哥哥同班的月森結菜。」

「呃……我哥哥平時受妳照顧唔唔唔——！」

——照顧唔唔唔……？

「妳怎麼啦？」

「沒、沒沒沒沒有！」

我和月森她們都不解地看著慌張的晶。

「我只是……呃……」

「哇！她跟小夏一樣！她們都講『我』！」

若葉心裡覺得有趣地大叫，晶卻嚇了一跳，又躲到我的身後。

「大姊姊，妳其實是大哥哥嗎？」

「才、才不是！我是女生……」

「是喔～可是妳感覺起來好像哥哥喔～！」

「若葉，沒禮貌。妳這樣對小晶太失禮了吧？」

「可是感覺好好玩～！大哥哥，我們去那邊吧～！一起玩推幣機～！」

若葉似乎很喜歡晶。

「咦！等……所以說我是女生——」

她就這樣拉著晶的手往推幣機區前進。

晶有回過頭叫了我一聲，但我只是笑著對她揮手。

——這對晶來說，也不失為一個好經驗。

晶被剛認識的若葉硬是拉著跑，顯得驚慌不已。如果是和那個開朗的若葉在一起，應該不用擔心吧。

話說回來，月森平常都和這麼活潑的若葉相處在一起，身為姊姊或許也很辛苦吧……不過我家的妹妹也不輸別人，就某些層面來說，我也照顧得很辛苦。

「那我們要玩什麼？」

「夏樹想玩什麼？」

月森望向夏樹，她卻滿臉通紅地發出疑問。接著稍微思索了一下，害羞地指了指遊樂區

的一隅。

「我、我想玩那個……」

「氣墊球啊。不錯啊，來玩吧。」

「我看你們玩。」

「不要啦，難得來玩，姊姊也一起嘛。」

「是嗎？那我就一起玩吧。」

就這樣，我們分成我對月森結菜與夏樹，開始比賽。

上一組玩家離開後，輪到我們玩。

我使出手把二刀流……唉，聽起來很像中二病啦，不過簡單來說只是雙手拿著推球手把罷了。

至於月森結菜與夏樹組，以我的方向來看，右邊是夏樹，左邊是月森。

……原來如此。

月森是左撇子，夏樹是右撇子，這是很合理的配置。

如果我打向中央，她們兩人的手都在球門前，可以輕鬆用手把製造鐵壁。反過來說，無關左右兩邊，她們都能活用慣用手的優勢從邊角發動攻擊。

不過就算配置合理，能不能順利合作卻另當別論。

就算是親人，默契也不一定很好。

相較之下我只有一個人，還是二刀流。

換言之，沒有搭檔扯後腿的我，瞬間反應速度會比她們快。

「月森同學、夏樹，機會難得，要不要賭一把？」

「要賭嗎？」

「要是輸了，就要聽從贏家的要求。」

「咦咦……」

「哈哈哈，沒有妳們想的那麼嚴重啦。只是可以許個願而已——」

——但我會贏就是了。

——三分鐘後。

「太棒了，姊姊！」

「因為夏樹很努力啊。」

月森和夏樹和睦地擊掌。

另一方面，我窩囊地將手撐在球台上。

「可、可惡……」

畢竟她們不只合作無間，運動細胞還意外地很好。

無懈可擊的防禦，還有一球進洞的技術——這對姊妹的合作威力簡直不是蓋的。

大言不慚說自己是一人二刀流的我，根本被打得落花流水……好不甘心。

我覺得夏樹應該是跟伊藤一樣的人種。外表看起來文靜，卻對輸贏很認真，動作也很輕盈，擊球力道也大得嚇人……但她不至於連個性都換了個人啦。

夏樹笑咪咪地看著月森。

「因為有姊姊幫忙防守，我們才能得救。」

「不對，是因為夏樹進球了——」

——這就是「姊妹的牽絆」嗎？唔唔唔……既然如此！

「再比一場！接下來是團體戰！我去把晶帶來，等我一下！」

我急忙趕往晶的身邊。

「晶，救救我！」

「老哥，怎麼啦！」

晶這時正和若葉在玩可以獲得糖果的遊戲機，她看到我趕過來，立刻感覺到危機。

解釋事情的來龍去脈後，她立刻提起幹勁。

「——原來如此，所以才輪到我出場啊……」

「對啊，可以拜託妳嗎？」

「那當然！就讓她們見識見識我們兄妹堅若磐石的牽絆吧！」

我和晶互擊拳頭。

「那本大爺也來！感覺好像很好玩，所以本大爺要替你們加油！」

結果連不太清楚事情發展的若葉也和我們擊拳。

哦，這該不會——

「我等三人即使姓氏不同，還是要結為異姓兄弟。既已是兄弟，就要同心互助，拯救受難於水火之中的人們！雖然現在有難的人主要是我啦——！」

「「喔喔——！」」

——就這樣，我們三人之間萌生莫名其妙的牽絆，上演一場疑似「桃園三結義」的戲碼……應該吧。話說回來，若葉站在我們這邊真的好嗎？

隨後我們和月森她們再度交戰——

「真嶋大哥加油！晶哥～～！」

「——很好，守下來了！晶，機會來了！」

「老哥，包在我身上！」

我輕輕把防守下來的圓盤滑向場邊，晶也迅速移動到邊界。

下一秒她立刻做出擊球動作。

月森和夏樹急忙防守，但我已經可以肯定。

她們守不下這一球。

「「上啊啊啊啊————————！」」

我和若葉叫道，晶也用力殺球。

「看～～～～我的～～～～」

這道攻擊乘載著我們三個結拜兄弟的靈魂，結果是——

唰————————！

「——的～～…………——哎呀？」

……咦？

「拜託，晶小姐，妳在幹嘛……？」

「剛、剛才這是……沒錯，是假動作！老哥、若葉，這是假動作啦！」

「不對，妳絕對在胡扯。妳只是揮空了吧……」

「晶哥好遜！」

這樣對方別說守不下來，根本連守都不用守。

……我忘得一乾二淨了。

晶看起來男孩子氣，運動細胞卻成反比地……嗯，反正就是這樣……

——這場比賽後來持續了三分鐘。

當比賽結束，若葉來到晶的身邊拍了拍她的肩。

「晶哥，雖然很遜，但別在意♪」

「嗚嗚……根本無話可說……」

真嶋家和月森家對決的結果是……我不想說。

反正月森和夏樹從頭到尾都玩得很開心，就這樣吧……

＊＊＊

玩完氣墊球，若葉說她要去洗手間，就和晶、月森三個人一起前往洗手間了。現場剩下我和夏樹，我靠著牆和夏樹聊天。

「話說回來，你跟姬野姊姊的感情真的很好耶。」

「是嗎？我倒覺得沒有妳和妳姊姊那麼好……」

「不，剛才那場氣墊球比賽，我看到你連姬野姊姊的份也一起努力。那讓我覺得你很重視她。」

「還好啦，她是妹妹啊……」

我在比賽時也有個想法——

月森從頭到尾都在後衛支援，讓夏樹能爽快地殺球。

相反的，夏樹也會避免給姊姊月森帶來負擔，一直大範圍跑動。

她們的感情真的很好。

重視彼此，並且互相扶持。

當我看到那幅光景，產生了一個想法。

——她們不只血脈相連，也心心相印……

那讓我覺得既欣慰，又羨慕——

「——好不甘心喔。輸得好澈底……」

我面露苦笑。

「也不用這麼介意輸贏吧……」

「不行，做為一對兄妹，我就是不想在真嶋家和月森家的對決當中敗北。」

夏樹聽了歪頭不解，但我只是說了聲：「開玩笑的啦。」笑著蒙混過去。

「不過身為一個哥哥，我還想為了妹妹多加把勁啊……」

「我覺得這樣真的很棒。讓我也想要有一個這麼棒的哥哥……所以會向你看齊。」

「我？」

「對，我的妹妹若葉也有點調皮，有時候真的應付不來。」

「嗚……」

這點我家的晶也一樣。

只不過她那算調皮嗎？還是太不設防？又或者是太可愛……

「就算這樣她還是我可愛的妹妹，所以為了若葉，我也……」

夏樹說著說著，臉上的笑容蒙上一層陰影。我並沒有漏看。

「夏樹，妳怎麼了……？」

「啊……沒有！所以我也想向你看齊，當若葉他們的依靠！」

夏樹的笑容讓我稍微覺得奇怪，但我還是回了一句「這樣啊」——

「——哇！」

一旁突然傳出一道叫聲，我和夏樹都嚇到了。

若葉不知何時出現在我們身旁。

「啊哈哈哈！嚇到你們了嗎～？」

「真是的，若葉！」

晶和月森也隨後趕到。

「老哥，久等啦！」

「夏樹、真嶋同學，抱歉，讓你們久等了。」

「不會，沒關係。那關於剛才的賭局，我和晶要做什麼？」

「咦咦！什麼賭局！我沒聽說有這回事耶！」

「好啦好啦……那我們要做什麼？」

我詢問夏樹，她卻表示要讓姊姊決定，因此我們的目光都放在月森身上。

接著，月森瞥了一眼拍貼機。

「既然這樣，希望最後我們大家一起拍那個……拍貼機。」

她一臉害羞地說道。

＊＊＊

『──請看鏡頭～！3、2、1……──拍起來是這樣喔～』

我們五個人的身影就顯示在眼前的螢幕上。

「再來再來，下一張一起比『YA～』！」

若葉顯得很開心，但我們四個比較年長的人，形象都不適合比「YA」，因此顯得有點遲疑。就這樣尷尬地拍了第二張和第三張。

剛才的賭局，基於月森的希望──想說機會難得，要用拍貼機拍下真嶋家和月森家的五個人，以便記念今天的相識。然而我實在不習慣做這種事。

追根究柢，甚至不知道多久沒玩拍貼機了。

國中時跟陽向還有光惺一起拍過後，應該就沒接觸了。

如今我站在後排正中間，左邊是月森，右邊是晶，前面是夏樹和若葉。

這麼多人擠在拍貼機狹小的空間中拍照，只有我一個男人實在有點尷尬。

我擠出僵硬的笑容要擺下一個動作時，我的左肩和月森互相碰觸。不經意往旁邊看去，只見紅著臉的月森悄悄開口：

「真嶋同學，今天很謝謝你。」

「喔，不會……」

她輕聲如此說道，讓我有點難為情。

這麼說起來，這也是她第一次離我這麼近。感覺好緊張。

下一秒，我的右肩也碰到人了。

「老哥，我可以再擠過去一點嗎？」

「可、可以啊……」

平常總是黏我黏到不行的傢伙，事到如今才知道要徵求我的同意嗎？

下一秒，她握住我的手。而且還是十指交扣。纖細的手指與我的手指交纏，不斷揉捏，尋找最契合的握法。

我的心跳瞬間漏了一拍，不過表情正好被夏樹的頭擋到，並未顯示在螢幕上。

本來想開口叫晶收斂一點，但我不想被月森她們發現，也就急忙閉上嘴。

另一方面，現在換左袖多了一股重量。

加諸重量的人不發一語，只是盯著前方的鏡頭，但月森的手指確實輕輕抓著我的衣袖。她的表情被擋在若葉的頭後面，一樣沒有顯示在螢幕上。

——月森同學……？

我因為緊張，心跳開始加速。

晶握著我的手也用了一點力道——

『——看鏡頭喔～！3、2、1……——』

雖然修過照片，只有我的臉怪到修不好，結果若葉和夏樹看到拍好的成品，不斷笑我。

＊＊＊

當天回家的路上，我和晶比月森她們更早下電車，挽著彼此的手，走在傍晚寒冷的空氣之中。

「晶，今天玩得開心嗎？」

「嗯！買到可愛的泳衣，也去過那間很紅的咖啡廳了。」

「而且還跟月森同學她們一起玩了嘛。」

我說完，晶露出滿心複雜的表情。

「月森學姊啊……唉……」

「怎麼了？」

「沒什麼……唉……」

「對了，妳剛看到月森同學的時候，反應很奇怪耶。」

「唔咦！那、那是……沒有啦～沒有啊……想說是個很漂亮的人……」

「喔，是喔。」

……算了。

總之晶和月森同學她們之間有交集，是一件好事。

若葉很喜歡她，還會叫她「晶哥」，而且夏樹也是個好女孩，如果還有機會再像今天這樣一起玩耍或許也不錯。不過——

「對了，說到月森同學啊——」

「呀嗚！」

「……沒想到她運動那麼行啊。」

「什、什麼嘛！是這件事喔！」

……嗯。

果然只要我一提起月森，晶的行為舉止就很可疑……

但我是在之後才明白箇中理由。

1 JANUARY

1月15日（六）

我們挑完泳衣，三個人一起去那間新開的咖啡廳！

全都好可愛！店裡面的裝潢、餐具，還有店員也是！

拍了很多可愛的照片，好開心！

他們的點心也很好吃，以後還想再去～

對了，我跟陽向提起富士製作A的事，結果嚇了一跳！

沒想到她也被新田小姐挖角了！

而且她還說了甄選會的事，我沒聽說有這回事啊……？

陽向說了很多，聽完也能理解，不過甄選會好像真的很嚴格。

我沒去過培訓學校，覺得很不安，船到橋頭會自然直嗎？

不對，必須讓它直！

總之我能做的就是提升演技。

在社團要努力，然後跟陽向討教！

但……有個小問題出現了！

我跟月森學姊在遊樂區打了招呼……結果發現驚人的事實！

不過老哥好像沒發現，所以現階段算沒事吧，嗯……

話說回來，月森學姊的兩個妹妹好可愛喔～

我跟若葉玩，她的社交力好強，嚇到我了！她的臉上總是帶著笑容，是個很棒的女孩！

對了對了，我們還進行對決，真嶋家VS月森家！

我為了老哥努力過了！用假動作一直騙人！……雖然輸了啦。

話說回來，聽到老哥要我救他的時候，好高興喔～

我的傻笑停不下來！啊……有夠喜歡老哥～！

最後我們五個人一起拍了大頭貼！老哥最後一張的臉……害羞得好可愛！

不過關於月森學姊的問題，我到底該怎麼辦啊……！

第4話「其實戲劇社要去游泳池了……（前篇）」

Jitsuha imouto deshita.

買完泳衣的隔天，一月十六日，星期日。

我和晶十點過後出門前往游泳池。

我們從有栖南車站到結城學園前車站和陽向會合，接著繼續坐二十分鐘電車。當我們抵達美姬尼（註：日文音同比基尼）車站，下車後徒步走五分鐘，便來到「K&F游泳池」。

這裡是全年都可以來玩的大型休閒水上設施，除了有製造高浪的游泳池、活水游泳池，以及滑水道等免費設施，還有可以穿泳衣進入的美體設施、餐廳、溫泉等。

當我們抵達——

「真嶋學長！小晶！陽向～！」

西山首先看見我們，便大大揮手顯示她的所在地。

我們以外的戲劇社成員都已經抵達入口了。

「各位，久等了——」

我一邊跑上前一邊道歉。

「沒關係，我也才剛來。學長，我今天的衣服怎麼樣啊～？」

西山羞澀地笑著展示她的便服。

「嗯？很普通啊。」

「拜託！真嶋學長！這時候應該要說『妳比平常還要漂亮耶』才對吧！」

「妳比平常還要漂亮耶……」

「為什麼要像個機器人一樣啊——————！」

我想說這是戲劇的練習，所以只是按照她的希望說出一模一樣的台詞，沒想到她卻氣得跳腳。看來我果然沒有演戲的才華，實在是很遺憾。

這時候，伊藤介入我們之間緩頰。

她來到我們面前，依照我、晶、陽向的順序發門票。

「請用，爸爸知道我要和大家來，就給了免費門票。」

看樣子這是可以免費入場的門票。

「咦咦！這怎麼行？感覺很不好意思耶！」

晶客氣地婉拒，伊藤卻笑著說：「沒關係。」

「伊藤學妹，真的可以嗎？」

「可以。因為我跟爸爸說，要跟戲劇社的大家一起來，他顯得很高興。他說這是剛好多

出來的門票，所以請學長不用想太多。」

既然這樣——就應該老實接受人家的好意吧。

「伊藤學妹，謝謝妳。那我就不客氣地拿來用了。」

「好。」

順帶一提，西山隨後悄悄來到我身邊，說之後會送禮盒給伊藤和伊藤的爸爸……她在這方面倒是很有社長的樣子。

之後我們魚貫進入設施，前往更衣室。

「真嶋學長，待會兒見了。請好好期待我們穿泳衣的模樣喔～」

「西山，妳就是愛多嘴啊……」

不過我倒是有點好奇，晶最後到底選了什麼樣的泳衣呢？

她說被看到身體會很害羞，所以到頭來究竟選了什麼款式呢？

身為哥哥，這是很重要的確認事項。

話說回來，不知道為什麼總覺得坐立難安……

我進入更衣室後，找到跟櫃檯給我的寄物櫃鑰匙同樣號碼的櫃子。

其實這個鑰匙非常方便。

不只能像手錶一樣扣在腕帶上隨身攜帶，還能用晶片解鎖寄物櫃，在設施內消費時也能拿來使用。

換句話說，消費者可以兩手空空地在設施內走動，進入所有免費、付費設施，費用就在離場的時候核算。

……只不過要是用得太超過，核算的時候就會碰上慘劇。

我換好衣服後將寄物櫃鑰匙扣在腕帶上，前往約好碰頭的噴水池。

＊＊＊

女生們花了不少時間，所以我獨自一人站在噴水池前等了好一會兒。

沒事可做，只好環視四周。

感覺好懷念。在念小學的時候，老爸常帶我來這個地方。

——我好像是在這裡跟老爸學游泳的……

今天是假日，所以比較熱鬧，不過跟夏天相比人潮算很少了。

——就冬天的玩樂來說，搞不好是個很好的祕境呢。

想到此處，換好泳衣的戲劇社成員們總算來了。

「真嶋學長，讓你久等了～！」

就在我看著身穿比基尼泳衣的西山走來——……嗯？

「呀！你在看哪裡啊！真嶋學長是色狼……！」

西山突然遮住胸口。

說句實話，若說我看了她的胸部一帶，是看了沒錯。

只不過該怎麼說……感覺大得很不自然——她一定墊了很多東西吧？

我在之前泡溫泉的時候，不經意聽見了，所以知道。

而且在不可抗力的引導下，在社辦看到過一瞬間，所以我知道。

我不會明言是什麼，但如果按照陽向、伊藤、西山、晶的順序……

——不對，那是西山努力的結晶。我沒有權利否定……

「什麼啊？怎麼用那種憐憫的眼光……？」

「那個……妳努力過了吧？我覺得妳真的很偉大……」

「既然都要看，請你用更下流一點的眼神看我啊！」

明明是在誇她，她卻罵我？不對，應該是在央求我……？算了。

撇除那個不自然的隆起，西山的泳衣要說好看是很好看。

伊藤她們跟在後頭，也各自穿著適合自己的泳衣。我自覺不能一直盯著看，但還是覺得這樣的打扮，會顯現出每個人的個性。

——話說回來。

當我想說沒看見晶和陽向時，她們晚了一些抵達噴水池。

「老、老哥，久等了……」

「涼太學長、各位，對不起，我們來晚了！」

我啞口無言。

西山她們也張口結舌。

換上泳衣的她們……已經難以用言語形容。

不過如果要用我拙劣的文字來形容，那就是「可愛過頭了，很不妙」。

晶穿著帶有摺邊的比基尼，非常可愛。布料還算多，算是安全牌，即使如此還是能襯托出晶活潑的魅力。

「怎麼樣……？」

她不斷磨擦雙膝，忸忸怩怩地介意周遭目光。

——與其說是害羞，更像是沒信心？

「很……好看喔……」

我紅著臉這麼說，晶也漲紅了臉躲到陽向的背後。

至於陽向則是穿著成熟的黑色比基尼。身材比例並沒有她自己介意的那麼糟，反倒有著不輸大人的美感。

如果晶是偶像型，陽向就是寫真女星型了。

每個路過的男人們看到她們，都投以有色的眼光。

「學長……我這樣穿可以嗎？」

「啊，嗯……很好看喔……」

——話說回來，她們為什麼都要問我？

當我難為情地別過頭，正好和滿腹不滿的西山四目相交。

「學長對我明明只有冷漠，對小晶她們就會露出這種表情啊？」

我很想說我也沒辦法，畢竟她們是戲劇社的兩大招牌女演員。不只演技好，容貌也姣好……拜託，我說真的，可愛過頭了非常不妙。已經無法直視她們了。

「西、西山，所有人都到了喔！」

「啊！學長是想蒙混過關吧！」

「不是啊，我們站在這裡也不能幹嘛，趕快走吧……」

我想盡辦法安撫再度氣得跳腳的西山，一行人總算開始移動。

＊＊＊

「就把這裡當成據點吧～！」

我們來到池邊一隅鋪上塑膠墊後，將行李集中放在這裡。貴重物品全鎖在寄物櫃裡，所以儘管是行李，其實也只是游泳圈或海灘球這類器具和毛巾。

以防萬一，我們所有人一起做暖身操——這個非常重要。

我們所有人配合西山「一、二、三、四」的口令，做著暖身操。但以客觀角度來看，這肯定是一幅離奇的畫面。

「那我們下午一點集合，東西放好就去游泳吧～！」

西山說完，總是一起行動的高村、早坂與南三人組，隨即前往活水游泳池。

「涼太學長，我和晶打算一起去湧浪游泳池。」

「老哥也要一起去嗎？」

「好啊——那西山和伊藤呢？」

只見伊藤坐定在塑膠墊上。

「啊，我在這裡看行李，以防萬一……」

她客氣地婉拒。而西山——

「我要在附近閒晃，釣男人！」

這傢伙到底是為了什麼才做暖身操的啊？

……算了，別管她。

「那老哥，我們走吧。」

「涼太學長，走吧～」

她們兩人拉著我的雙手，往湧浪游泳池前進。

話說回來，我從剛才開始就覺得他人的視線刺得好痛。可以清楚感覺到，一旁男性客人充滿嫉妒和憎惡的視線。

「我說啊，拜託妳們放開我的手……」

「為什麼？」「為什麼呢？」

——這個雙重天真無邪是怎樣？

拜託對自己可愛的程度有點自覺。因為我沒辦法變成帥哥型男……

這時候，其他男性們興高采烈地趕往別的地方。

「聽說有寫真女星在這裡拍照耶。」

「是那個叫山城什麼的女生對吧！我們快過去！」

——哦～寫真女星山城什麼啊～……嗯？山城這個姓氏……難道是建先生之前提到的山

城美——

「哦哇————————！」

晶突然發出怪叫，還用力扯著我的手，害我差點跌倒。

抓著我另一隻手的陽向也嚇了一跳。

「妳、妳幹嘛突然大叫啊！」

「晶，妳怎麼啦……？」

「沒、沒有啊……別管了，老哥、陽向！我們快走！」

「好、好喔……」

——她是在幹嘛？

儘管覺得有點詭譎，我們還是快步走向湧浪游泳池。

＊＊＊

當我們抵達湧浪游泳池，晶就立刻在池邊用腳拍打盪漾過來的波浪。

「嗚哇～老哥，好舒服喔！」

我和陽向也跟著走進游泳池裡，三個人一起往較深的地方前進，水淹過我們的腰際。這

水溫（？）挺不錯的。

「嘿！」

「哦哇！」「呀！」

晶突然潑我們水。這是來玩水一定會有的「那個」。

「先發制人～！」

「嗚哇……噗！妳好樣的～！」

「真是的！晶！看招看招～！」

我們嬉笑著，互相潑水玩鬧。

彷彿重拾童心，很快樂。

我們接著再往較深的地方走去，但對她們兩個人來說似乎太深了。

「老哥，可以抓著你的肩膀嗎？」

「我也可以抓嗎？」

「喔，可以啊。」

她們的體重稍微壓在我的肩膀上，但在浮力的輔助下，我並不覺得吃力。只不過——

「嗚哇～！要被沖走了～！」

「呀！」

她們兩個人好像很開心，但我卻無暇享受。

首先因為波浪拍打，臉會直接被水打到。

再來手臂上有股柔軟的觸感。

目前是陽向領先，不過我這個妹妹也不落人後。

「老哥，要被沖走了啦！」

「涼太學長，對不起！」

晶已經整個人抓著我的背了。

然後換陽向正面抱著我。

至於我——

「咳咳……妳們……咳咳……都先……咳咳……放開我——」

我差點因為游泳池的水和她們柔軟的身體溺斃。

＊　＊　＊

我們從湧浪游泳池回到據點後，晶和陽向帶著伊藤前往活水游泳池。順帶一提，伊藤是旱鴨子，所以絕對需要游泳圈。

我就自己一個人在據點悠閒休息。
「欸，這位小哥，你一個人嗎？要不要來玩？」
這時，有個人從身後向我搭話。
「說這種話的妳也是一個人啊，西山……」
回過頭，西山就站在那裡。
「學長很不好玩耶。請你稍微小鹿亂撞一下啊～」
「最好是可以啦——那妳呢？成果如何？」
「當然是被瘋狂搭訕——」
「……成果如何？」
「沒人啦，對啦……」
西山沮喪地低頭，但我早已隱約猜到。
「該死～巨乳策略失敗了！」
「什麼巨乳，是**假乳**啦。我很不想說這種話，可是妳這樣不行……」
「可是男人都喜歡比較大的吧！」
「才沒那回事！」
話說回來，為什麼我非得跟這傢伙討論這個話題啊……

實在是很傻眼。

「對了，真嶋學長，你是在這裡待機嗎？」

「晶她們去活水游泳池了，所以我稍微休息一下。妳接下來要幹嘛？」

「我也要休息一下。」

如此說道的西山坐在我的旁邊。

「不過我已經放棄被搭訕了。好累。」

「這個想法很好。再說了，那不是社長該帶頭做的事。」

「可是可是，我也想要一個男朋友啊！」

就算這樣，期待別人來搭訕自己也有待商榷吧。

「既然這樣，妳就正常一點啦。」

「正常是怎樣？」

「就是克制自己不要有詭異的言行舉止，妳只要不講話，走在路上就會受人歡迎了。」

「請學長不要說人家詭異！」

「喔，是喔？說法不重要啦，重要的是正常。」

西山聽完，歪著頭發出「嗯～」的聲音。

「可是正常是什麼啊？」

「嗯？就是不要偽裝自己，維持最自然的樣子吧？」

「但我……就是這種風格啊。」

西山露出苦笑。

「這是妳營造出的形象嗎？」

「嗯～是這樣嗎？不過其實我在上高中前不是這樣的。我是個乖乖牌，在戲劇社也都演路人，還是圖書股長喔。」

「是喔？感覺好意外。」

「是嗎？」

「對啊。我以為妳是那種在運動會或活動上，玩得很興奮的人。」

「其實我以前很嚮往你說的那種陽光嗨咖。可能就是因為這樣，才想說要在高中大瘋特瘋吧。」

「但妳有的時候實在太瘋了，讓人不忍直視就是了。」

「討厭！學長就愛多說那麼一句！」

「妳不也一樣……」

這時候，我看見在活水游泳池開心玩耍的晶、陽向還有伊藤。

看著她們隨著水流飄過去時——

「真嶋學長！來玩那個吧！」

西山突然指向這個游泳池的經典設施——滑水道。

「是可以啦……」

「太棒了～！那我們走吧！這就走吧！」

＊＊＊

滑水道很受歡迎，所以我們排隊等了一會兒。在等待期間，我和西山一直在閒聊。

後來總算輪到我們，聽從活潑的員工小姐的指示，坐上滑水道專用的大游泳圈。

「要我坐前面嗎？」

「不，請學長從後面抱緊我。」

「才不要。要是被甩下去，就自己看著辦。」

做完這種像白痴一樣的討論後，最後決定西山坐前面，我坐後面。

「那兩位慢走♪」

我們在員工小姐的目送下，準備出發——

「嗚哦哦哦哦哦——————！」

「呀啊啊啊啊啊啊——————！」

我已經握緊游泳圈的把手，還是差點被滑水道九彎十八拐的彎道產生的離心力甩出去。

最後的直線道一口氣加速，然後——

唰————！

我們快速衝過終點，掀起巨大的水花。

「噗呼！西山，妳沒事吧！」

「沒事，我很好！」

「那我們上去……吧……——」

我忍不住用右手遮住眼睛。

「真嶋學長，你怎麼……啦……——」

西山似乎也察覺了，她雙手遮著胸部，大叫一聲躲進水裡。

我不知道該從哪裡開始解釋……總之西山身上那件比基尼的上半身不見了。

接下來要說的話，參雜著我的推測，拜託別問這些情報正不正確。

首先，覆蓋著西山胸部的胸部內裝甲，在滑水道某處脫落了。

說到為什麼我會知道這件事，是因為我們滑下來後，成對的那玩意兒晚了幾秒鐘，跟在後面被水沖下來了。

正所謂——假奶出於真奶，更厚於真奶。

換句話說，因為厚實的胸部內裝甲脫落，進而產生了一個大空隙。結果泳衣上半身變得鬆垮，在我們滑下來時直接不翼而飛。

一言以蔽之，就是老哏。

真不愧是我們戲劇社的社長，梅洛斯西山。

真是個重視演出橋段的人。

如果我快被狡詐暴虐國王處以磔刑，她也一定會在千鈞一髮之際趕到刑場——

「不要一臉佩服地看著我，請快點幫我找啊——！」

「喔，嗯……大家都在看嘛，而且連我都很不好意思了……」

我們這位社長的臉已經紅到無以復加。

＊　＊　＊

到了中午，我們前往餐廳用餐。

接下來的行程是，稍事休息後再玩到傍晚。

雖然有點在意哪裡有屬於戲劇社的活動，但大家都不在意，玩得很開心。這種時候還是不要潑冷水比較好。

「老哥、老哥。」

坐在旁邊的晶，用只有我聽得見的音量叫我。

「怎麼了？」

「剛才突然有陌生男人們來找我和陽向說話。」

「什麼！那妳們怎麼應付的……？」

「我跟他們道歉，說我是跟男朋友來的，他們就乾脆地走掉了。」

「這、這樣啊。那就好……男朋友？」

晶接著慢慢指向我，然後再指向自己，隨後露出頑皮的笑容，將食指放在嘴唇前，示意我別說出來。

明白她的意思，不禁慌了手腳。

我望向周遭，想知道是否有人看見我們這樣私下的互動，所幸大家都沉浸在自己的話題中，沒有人注意到。

接下來依舊是只有我們兄妹知道的談話內容——

「老哥不喜歡這樣？」

「不是啊，我覺得妳也可以說是跟哥哥來的……」

「我倒覺得說男朋友比較有效耶？」

「是、是嗎？好吧，如果有需要，妳就這麼說吧……」

謊言也是權宜之計。只不過我會覺得很害羞。

在我們聊天的途中，晶一直在桌子下方用腳尖輕輕碰撞我的脛骨，或是用腳底撫摸脛骨一帶。

彷彿很享受現在這種狀況。

是因為泳衣讓她的心情變得比較開放嗎？今天比平常更積極鬧我。

——應該說，總覺得她今天也放得太開了……

當我隱忍著羞怯，陽向正好向西山她們提到同樣的話題。

「——然後啊，我也說有男朋友，不能和他們玩，就這樣拒絕了。」

陽向看著我漲紅了臉，露出愧疚的表情。

隨後伊藤也開口：

「我顧行李的時候也有被人搭訕，所以也說我有男朋友……」

她一邊說一邊提起視線看我。

既然被人搭訕，那也是無可奈何的事，不過我到底跟幾個人在交往啊？

順帶一提，也有男性邀高村她們三個人一起玩。不過最後已經由她們之中較為強勢的高村拒絕了，所以沒有出什麼差錯。

話說回來，現在這樣重新看一遍，才發現我們戲劇社都是美少女耶。

光看她們平時的活動也知道，例如手藝社總想讓她們穿上自己做的服裝，攝影社會想拍下那副模樣，影研（影像研究會）也會來邀請她們拍自製的迷你電影。可說是受盡旁人的吹捧。

只不過，還是有個人跟不上這個話題——

「呃……和紗有碰到什麼事嗎？」

「伊藤學妹！這個話題——」

當我急忙介入想阻止這個話題，下一秒西山就開口了——

「我嘛……已經被真嶋學長看光所有丟人的模樣了♪」

電流頓時竄遍整個戲劇社。

「老哥！」「涼太學長！」「「「「真嶋學長！」」」」

……嗯。

我要冷靜，要冷靜……

她說的丟人是那個嗎？那兩塊胸部內裝甲？

而且才沒有全部。儘管謊言也是權宜之計，這卻是個實實在在的謊言。

不過我不能生氣。我要冷靜，不能潑大家冷水，要忍耐，忍耐……

晚一點再好好跟西山談──個鬼。

「西山啊啊啊啊────！」

「咿呀呀呀呀呀────！」

西山整個人縮小，躲在伊藤的身後。

1 JANUARY

1月16日（日）

今天跟戲劇社的大家去游泳池！

我們去了一家一整年都能去的室內泳池，叫「K&F游泳池」！

在一起換泳衣的時候，有件事讓我耿耿於懷……

這是和紗說的，老哥說不定喜歡胸部大的女生。

經她這麼一說，確實如此……

原來就是因為這樣，老哥才不肯看我一眼嗎！

因為這件事在更衣室裡煩惱了一下，結果陽向問我怎麼了。

我老實跟她說覺得被別人看到穿泳衣，很不好意思。她立刻替我打氣，說：「來讓涼太學長嚇一跳吧。」

說得也對，不管對手是誰，我都得加油才行。

一有了這個想法，就算有點害羞，而且也沒什麼自信，我還是跟陽向一起走出更衣室。結果老哥看到我們，整張臉都紅了。

他看到我穿泳衣的模樣，有對我小鹿亂撞，也說很好看，所以有點信心了。雖然胸部不大……還是想再努力一次！

……想是這麼想，老哥這個人實在是……該發生的都發生了……

他跟和紗去玩滑水道，結果出現老哏，太老套了吧……

雖然他說沒看到、安全上壘，可是看那種反應，一定是看到了吧？

算了，先不計較這個……

後頭還有好玩的事情！

第5話「其實戲劇社要去游泳池了……（後篇）」

Jitsuha imouto deshita.

「真是的，滑水道意外根本是經典的老哏嘛……」

當我們前往可以穿著泳衣，男女一起泡的溫泉時，走在旁邊的晶鼓著腮幫子抱怨。

「別跟我說什麼經典老哏。再說，我是千鈞一髮沒看見。安全上壘啦。」

「真的嗎～？」

「真的是真的……」

那就算了──如此說道的晶趁這裡只有我們兩個人，挽著我的手。

畢竟是穿泳衣，所以是肌膚直接接觸，感覺相當尷尬。

「妳現在是假裝我是男朋友嗎……？」

「嗯……應該是夫妻？」

「有夠心急！」

「欸嘿嘿嘿～♪可是可是，我一直都想跟老哥這麼做耶，都在忍耐耶～」

我開始緊張，深怕被誰看到，會讓我不知如何是好。

其他戲劇社的成員一起去湧浪游泳池了，所以不用擔心被她們看到，但一個不小心，說不定會被學校的人或是認識的人看見。

所以我的心臟從剛才開始就一直跳得飛快。

為什麼只要我們獨處，這個妹妹就會變得這麼大膽呢？

——不對，她今天真的比平常還放得開耶……

「我還沒確實問過老哥的感想，你覺得我的泳衣怎麼樣？」

「當然是很可愛啊……」

「老哥居然老實說我可愛！好高興喔～！」

「所以啊！我這樣很難走路！快～點～放～手～！」

我們就像這樣走著，很快就在前方看見溫泉的門。

「老哥，是這裡嗎？」

「對，那我們進去嘍——」

打開門，眼前是一片就像籃球場那麼大的溫水設施。

「K&F游泳池」就是利用地熱，讓這裡變成全年都能來玩的水上設施。

雖然沒有露天溫泉，卻有按摩水池和三溫暖，對喜歡泡澡的我來說，此處是來這裡最大的醍醐味。

「那……我們要一起去沖澡嗎？」

「妳這種說法……」

有夠故意。感覺得到惡意。

「不然我要怎麼說嘛？」

「我跟妳說，像這種時候啊……呃……」

晶竊笑一聲後拉著我的手。

「老哥，走吧，趁現在沒有別人。」

「呃，喔……」

＊＊＊

「呼咿～好舒服喔～」

「對啊，棒呆了～」

我和晶稍微沖澡清潔後，一起泡在溫泉裡，把背靠在浴池的牆壁並伸直了腳。

晶不時會看著我，對我露出笑容。

當池子裡的人隨著時間一個一個離開，我們肩並肩靠在一起。

晶還直接把頭靠在我的肩膀上。

「會害羞嗎？」

「當然啊……」

怎麼可能不害羞。

「可是啊，你不覺得這樣很好嗎？」

「會嗎……？」

「站在我的立場，在家要每天都這樣也行喔。」

「不對，不行……話說回來，就算今天換上泳衣好了，妳說的話、做的事也比平常大膽太多了吧？是怎麼了嗎？」

我們在家也大多是兩人獨處，但她這麼大膽地進攻，我真的吃不消。

真希望她替我這個壓抑理性的人想想——

「啊，因為我跟你單獨相處了啊～」

「只因為這樣嗎？」

「你、你這是什麼意思……為什麼要懷疑我呀……」

——呀……？她為什麼要別開視線？

「事情就是這樣，我要來打擾了！」

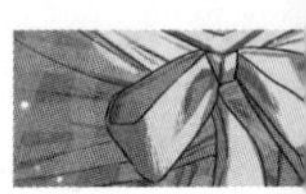

「呃……喂！晶！」

「好啦，別管那麼多了～」

晶突然鑽進我的雙腿之間，坐在我的正面。

然後她直接把背靠在我的胸膛上，頭就這麼碰到我的臉頰。

「嗯～最棒的位置。其實背也不錯，但這裡也很令人安心耶……」

「我說妳啊……」

看了看周遭，除了我們已經沒有別人了。

兩人獨處——即使往玻璃的另一邊看過去，也沒有別人走進來的跡象。

「反正沒有別人，而且我們都穿著泳衣，沒關係吧？」

「我、我有關係……！」

「不要害羞啦。」

「當然會害羞啊！」

她果然比平常還放得開。

「老哥，希望你從後面抱緊我耶～」

「為什麼！」

「因為我想要放心。」

接著晶把身體深深泡進溫泉裡，仰頭直到極限，從下方望著我。從我的角度可以看見她的額頭、口鼻，還有胸部以下。

「我們去溫泉旅行的時候啊——」

晶的語氣突然變得很認真。

「差點在那座山遇難的時候，老哥不是緊緊抱住我嗎？」

「因為我那時候整個人豁出去了……」

「對。老哥豁出去保護我，讓我很放心，也很高興。你或許覺得自己是在保護妹妹，可是我身為一個女孩子，覺得很高興……」

晶說完轉身。

晶的臉正面對著我，並慢慢貼近。

她的眼眸在晃動。

臉之所以這麼紅，想必不完全是因為溫泉。

「老哥，你把手伸直……」

「為什麼？」

「因為我想撲進你的懷裡……」

「可是……」

「你不喜歡？」

「妳問我喜不喜歡，我……」

「拜託你……」

她今天為什麼會這麼積極地進攻啊？

可是如果不照她說的做，這個狀況感覺不會結束。

所以我按照她說的伸直手臂——

「哎呀，涼太學長……？」

——我瞬間緊抱晶。

「陽、陽向……！怎麼了嗎！」

陽向不知道什麼時候來到我的背後。

我反射性想把晶藏起來，結果將她的頭緊緊擁入懷中……這個狀況不太妙。

「你有看到晶嗎？我以為她跟你一起來這裡了……」

——她沒發現？

「會……會不會是去三溫暖那邊啦……？」

「三溫暖啊？我知道了！」

接著現場傳出漸行漸遠的腳步聲。

我確認三溫暖的門有被打開的聲音後，才輕輕抓住晶的肩膀，溫柔地將她推開。

「好險啊～～……」

「噗嗤……呵呵……啊哈哈哈！」

晶突然發出大笑。

「喂！這一點都不好笑，受不了妳……」

「因為你的心跳聲……呵呵……」

我剛才緊張到心臟都要破裂了，看來晶是聽見我的心跳聲。

「不、不管是誰，碰到這種狀況都會那樣啦！」

我鼓起腮幫子轉過臉。然而——

「啾……——」

突然有嘴唇碰到我的臉頰。

「晶，妳……！」

「欸嘿嘿嘿～♪後續下次再說！那我要去三溫暖了，老哥晚一點再來喔～」

晶說完，笑著離開溫泉池。

只不過她的臉非常紅，我看她其實也很難為情吧。

可是她採取和羞恥心相反的行動，太狡猾了。感覺就像在對我說：「我也很努力喔。」會害我的心情忍不住向她靠攏。

我盯著天花板，和羞恥心天人交戰了好一會兒。

——太可愛了，真的很困擾耶……

喜歡泡澡的我竟也會大意失荊州，好像泡暈了。

＊＊＊

「我決定要參加甄選會！」

我們在蒸氣三溫暖中聽到陽向突然拋出這句話，都訝異地看著她。

沒想到她會在這種時候提起這件事，但她心意已決。

「所以陽向，妳也要走上演員這條路啊？」

「對！我想朝這條路努力看看！」

陽向堅定地說道。

這是我的猜測——陽向已經下定決心要離開哥哥獨立，所以並未看哥哥的臉色，而是自己決定了自己的將來。

陽向往前的目標並不是哥哥的背影，而是自己的未來。

所以我稍微鬆了口氣。

光惺一定也這麼希望吧。

可以想見光惺完全放下心中大石的表情，因此我對她露出笑容。

「我會替妳加油喔。對吧，晶？」

「嗯！陽向，以後一起加油吧！」

「涼太學長、晶，謝謝你們！晶，一起加油吧！」

陽向現在的表情就像太陽一樣耀眼。

「對了，妳有跟上田學長說這件事嗎？」

「哥哥？」

晶問出我難以啟齒的問題，陽向聽了發出煩惱的聲音。

「我是說了，可是他說隨便我……」

「嗯……上田學長還是一樣冷漠耶。」

唉，要說很像那傢伙的作風，是很像啦。

「然後他突然去買戲劇相關的ＤＶＤ還有書來給我⋯⋯」

「什麼啊，好溫柔喔！如果覺得無所謂，不會做這種事吧！」

真不像那傢伙會做的事⋯⋯

「可是他要我出名了再還他錢⋯⋯」

「果然還是很冷漠⋯⋯照理來說，這種時候應該要說『我是為了妹妹的未來，這種小錢不用在意啦』才對啊⋯⋯」

「然後他要我加油⋯⋯」

「什麼啊，好溫柔喔！照理來說，面對一個無所謂的人，不會說這種溫柔的話吧！」

「然後他又說反正我一定混不下去⋯⋯」

「果然還是很冷漠⋯⋯」

「然後他說順便買蛋糕回來了，就把我喜歡的店家的蛋糕拿給我⋯⋯」

「什麼啊，好溫柔喔！」

「說什麼是他自己想吃，才不是為了我買的⋯⋯」

「好冷漠！」

——那傢伙一面對陽向，就變成一個超麻煩的人耶⋯⋯

「真的搞不懂他在想什麼……涼太學長，你覺得呢？」

「這、這個嘛，應該算是『溫柔的那邊』吧，嗯……」

——雖然很麻煩。

我們聊完後，陽向再度前往游泳池。

我和晶再度獨處——

「既然如此，我們來親熱吧。」

「妳根本搞錯『既然如此』的用法了。妳的『既然如此』是承接哪裡啊？應該說，我才不要！」

「人家討厭講大道理♪」

「呃……喂！聽我說話啊！」

晶無視我的主張，嘴裡叫著「老哥」，緊黏著我。

這就是老哥和妹妹的關係嗎？要是有人這樣問……鐵定不是吧。

＊＊＊

我們在蒸氣三溫暖中享受了好一段時間，然後才準備回據點。

在長廊上踩著腳步，往據點的方向前進時——

「嗚嗚……這裡是哪裡……？」

看到了一名正在哭泣的女孩子。

她穿著粉紅色荷葉邊的泳衣，看起來是個即將上小學或剛上小學的女孩。有一頭栗色的頭髮，長度到脖子一帶。

「老哥，那個女生好像迷路了耶……？」

「對啊，去問問她吧——」

我和晶來到哭泣的女孩身邊，然後蹲下。

「妳怎麼了？還好嗎？」

我盡可能面帶笑容，開口這麼詢問。只見她在一瞬間嚇到了。

「嗚噎……爸爸……媽媽……不見了……」

「妳在找爸爸媽媽嗎？」

女孩點頭回應，我和晶為難地面面相覷。

「就算要找，這裡這麼大，有點難耶……」

「嗯，這種時候還是去服務台比較好。」

我說了聲：「也對。」再度對女孩開口：

「不然妳跟我們一起去會幫妳找爸爸媽媽的地方吧？」

「嗯……」

「我叫涼太，然後她是晶。」

「涼太哥哥和晶姊姊……？」

「嗯，妳叫什麼名字？」

「涼香……」

「叫涼香啊。那妳跟晶姊姊牽手手吧？」

「老哥，先等一下──」

晶指著涼香的腳。

「這邊破皮了，妳有跌倒嗎？」

「嗯……刺刺的……」

「那請涼太哥哥揹妳好不好？」

「嗯……」

於是我背對著涼香，她隨即伸手繞過我的脖子，然後慢慢爬上我的背。晶則是撐著涼香的背。

這時候，突然──

「──奇怪……？」

我揹著涼香站起，然後定格。

「老哥，你怎麼了？」

「咦……喔，沒事……」

如此說道的我往前走。但其實揹著涼香，沒來由覺得很不可思議。

因為這是我第一次揹小孩子嗎？

感覺很輕，很脆弱，卻又有種強韌的特質，在我的背上擴散開來。

這種感覺跟揹晶的時候不一樣，是兩種不同的感受。

不知道該怎麼形容，是一種非常令人懷念，但又寂寞、無法形容的感受。

「那個……涼香，妳多大了啊？妳幾歲？」

「五歲……」

「這樣啊。那很快就要上小學了？」

「嗯……」

「這樣啊……」

這時忽然往旁邊一看，只見晶一臉不解地看著我的臉，像在問：「怎麼了？」

我搖了搖頭表示沒事，但在抵達服務台之前，一股煩悶的感受卻在心中悄悄成形。

不過在我搞懂那東西的形體前，我們就來到服務台了。

向員工小姐解釋來龍去脈，並放下背上的涼香，準備交給他們。

「好了，涼香，就在這裡請他們幫忙找爸爸媽媽吧——」

然而涼香卻緊抓著我的背。

「這裡……人家就要這裡……」

「哎呀呀，是愛上大哥哥的背了嗎～？」

即使服務台的小姐笑著對她說話，她還是直說：「不要。」

晶看不下去，過來摸摸涼香的頭。

「涼香，怎麼啦？」

「人家想跟涼太哥哥在一起……」

我和晶聽了面面相覷，露出苦笑。

既然這樣，也沒辦法了。我因此做好覺悟，要在這裡等到她的爸媽來接她。

這時候晶拿下她平時別在瀏海上的紅色髮夾。

「涼香，姊姊給妳一個咒語好不好？」

「咒語……？」

「用來祈禱以後還能再見到哥哥和姊姊——」

如此說道的晶把髮夾別在涼香的瀏海上。

「很可愛喔。比我戴著還要好看。」

「要給我嗎？」

「嗯。反正我還有一個，而且這樣也能當標記。以後我或老哥在路上看到妳，就會立刻認出來了。」

晶說完，對涼香咧嘴一笑，涼香這才慢慢從我的背上下來。接著她一臉茫然地撫摸那支髮夾，總算展露笑容。

「晶姊姊，謝謝妳。」

雖然她們並非姊妹，但她們的互動令人會心一笑。

只是我依舊不知道為什麼……——算了，應該是我多心了。

後來館內只播了一次走失兒童的廣播，涼香的爸媽應該是馬上就去服務台找她了。

＊＊＊

我們回到據點後，又去玩了一輪滑水道和活水游泳池。
要回家的時候，整個人已經累癱，但我們還是所有人一起拍了張紀念照。
「那麼各位，明天開始也要加油喔！」
西山很有社長的架勢地做了總結後，我們就在車站分開。

後來我揹著在電車上睡著的晶，就這麼回到家。老爸和美由貴阿姨都還沒回家，但也差不多快回來了。
走進客廳，輕輕把晶放在沙發上睡，並幫她蓋了一件毯子。
——今天她玩得太瘋，所以累了吧……
不過今天瘋的程度比平常多了很多。
總覺得怪怪的，說不定她瞞著我什麼事。

不過按照她的個性，一定不是隱瞞壞事啦。

當我無奈地看著她的睡臉，我的手機響了。

為了不吵醒晶而來到走廊。

『——嗨，真嶋。還好嗎？』

「你怎麼突然打電話給我？」

打電話來的人是晶的親生父親——建先生。

『沒什麼，我剛過年就忙翻天，現在總算有時間，所以剛才打電話給晶，可是她沒接。才想說打給你。』

「她在睡覺。我們今天去游泳池玩，她大概是累了。聽到你很忙真是太好了。」

『還好啦。慶幸的是，未來好一陣子不愁吃穿了。』

看來建先生活力十足地努力著。

我跟他說晶也過得很好，彼此稍微報告了近況。

『——這樣啊。現在在等富士製作A的消息啊。話說回來，你放手擺這個架子根本是豁出去了嘛。有一套喔。』

「啊哈哈……但我用自己的方式，找出另一條路了。都要感謝你給的建議。」

『是嗎……』

這是一聲近乎嘆息的「是嗎」，隨後是一陣沉默。

『真嶋，我跟你說。有件事想拜託你……』

「什麼事？」

『聽好了，絕對不准告訴晶喔。這是男人之間的約定，也是很重要的事——』

建先生沉重的口吻彷彿要我無條件答應他，那讓我稍微繃緊了身體。

然而萬萬沒想到，事情竟會因為我接了這通電話，變成那個樣子——

1 JANUARY

1月16日（日）

我試了很多種會讓老哥心頭小鹿亂撞的事了！

比如對他輕聲細語、在桌子底下鬧他、一起泡溫泉之類的！

老哥從頭到尾都因為我心頭小鹿亂撞！

尤其是溫泉！跟老哥靠在一起泡溫泉！

雖然穿著泳衣，但還是跟老哥一起泡湯，我一直心跳加速，也讓老哥心跳加速，所以以我的程度來說算很努力了吧？

我還親他的臉頰，留下了一個很好的回憶耶～！

另外我們在三溫暖的時候跟陽向談過了，她果然會參加甄選會！

我愈來愈要加油了，如果能和陽向一起出道，那就好了。

因為陽向先離開三溫暖，我和老哥又獨處了。

我緊黏著他聊了很多，一直卿卿我我，超滿足！

就各方面來說都很痛快！

回家路上覺得有點睏，結果在電車上和陽向一起睡著了。

後來老哥揹我回家！

其實我在半路上有稍微醒來，老哥的背好寬好暖，真的好喜歡他喔～！

對了，說到揹人就想到涼香！

她好像很喜歡老哥的背，但那裡是我的最佳位置！

雖然我升起一絲競爭意識，不過她是個乖巧的好孩子。

不知道她有沒有找到爸爸和媽媽？

如果她以後還肯用我送她的髮夾，那我會很高興～

希望以後還能見到涼香！

今天真的是最棒的一天！

第二幕

第6話「其實我開始在意同班同學……」

Jitsuha imouto deshita.

「——啥？你不打籃球了？」

聊到考高中，我對光惺這麼說。記得那是放學回家時，在路上閒晃的事。

「對，我高中打算變成回家社。」

「可是你不是縣內選拔選手嗎？有獲得籃球推甄吧？」

「我報考了結城學園的獨立招生考試。還有考其他學校，不過那裡現在是第一順位，離家也近。」

如果論不服輸的心還有努力，我有信心不會輸給別人。

可是這並非不打籃球的理由。

「你還是放不下準決賽最後的罰球嗎？」

「…………」

「我們會輸，不是你的錯啊。」

光悜雖然這麼說，我卻覺得是因為自己的軟弱才輸球。

「算了，是沒差啦——那你上高中之後要幹嘛？打工嗎？」

「不，我想說家務也該好好打理才行了。」

「家務？你爸應該想要你繼續打籃球吧？」

「嗯，或許吧。但我也想幫忙做些家事，所以籃球打到國中就夠了。」

「是喔……」

「對了，那你呢？如果還沒想好志願，要不要跟我一起考結城學園？記得你們這次搬家之後，離這所學校很近吧？」

「……嗯，我考慮。」

後來我和光悜都就讀結城學園。

我原本打算好好打理一切。

可是總覺得心裡開了一個洞，讓我有氣無力，提不起任何幹勁，只能慵懶度日。

當然了，這是我自己的決定，不會找藉口開脫。

只是，感覺好像有某種東西消化不良，一直悶在胃當中久久不散——

＊＊＊

戲劇社全員一起前往游泳池的隔天，也就是一月十七日，星期一。

我昨天也夢見往事，導致有點睡眠不足，再加上肌肉痠痛比想像的還要劇烈，使得身體很沉重。

帶著這種無力的心情打開教室的門，發現光惺和星野已經在教室裡正聊著什麼。

「光惺、星野同學，早啊。」

「真嶋同學，早安。」

「早。」

「光惺，我昨晚又夢到你了……一直夢見你，這該不會……」

「你這陣子一早就把噁爛渦輪開到最大耶……」

星野聽見我和光惺的對話，只能苦笑——

「啊，對了！真嶋同學！」

然後突然叫住我。

「其實結菜今天請假。」

「咦？怎麼了？」

「聽說感冒了，好像還發燒……」

「這樣啊，那還真是擔心……」

我不由得望向窗邊。

平常總是一派輕鬆地坐在那裡的她，現在不在。

這讓我開始擔心，放完三天連假後的那個上學日，她會不會其實很勉強自己來上學？前天看到她的時候，看起來很好，可是說不定是過往的勉強開始反撲，讓她的身體出狀況了。

「真嶋同學，那個啊，我今天午休可以跟你商量一些事嗎？」

「哦，可以啊——」

——要談光惺嗎？

光惺一臉不感興趣地開始滑手機，不過還是瞥了我一眼，然後不知為何嘆了一大口氣。

＊＊＊

時間來到午休，我吃完午餐後跟星野來到走廊。

「妳想商量什麼？」

我首先挑起話題，只見星野的表情有些五味雜陳。

「是關於結菜啦……」

——不是光惺？

這讓我有點訝異。

「為什麼要跟我商量她的事？」

「你最近不是跟結菜很好嗎？」

——我是沒什麼信心能說我們的感情有多好啦……

「而且你上次也很關心結菜。」

「還好啦——那月森同學怎麼了？」

與其說是商量，星野說她更想讓我知道月森的狀況。

「結菜現在的打工最近好像很忙，在家還要照顧底下的弟妹，我之前就很擔心她。」

「呃，她在做什麼工作？」

「她有說過是短期工讀，但我不知道具體內容……」

「這樣啊……那她就是星期日太勉強自己了吧？」

「應該是……以前每當我覺得她好像在勉強自己的時候，都有開口詢問，可是她總是說沒事……」

如此說道的星野臉上的表情顯得更灰暗了。

從星野這個朋友的角度來看，也覺得月森在勉強自己嗎？

——果然很擔心……

「我下次也稍微問一下吧。反正也見過她的妹妹們。」

「真嶋同學，謝謝你。我也會問問看。」

星野的表情比較柔和了，但下一秒又開始抱頭苦思。

「話說回來，結菜明明很努力想改變，我卻只顧著自己，什麼都沒辦法幫她啊……」

她突然沒頭沒腦地輕聲這麼說。

「努力改變？改什麼？」

星野說是「個性」。

「結菜從一年級就沉默寡言，感覺像在自己身邊築起一道牆。可是她最近比較圓滑了，

還是應該說變可愛了？她很努力想要改變自己。」

不知道月森是不是想改變自己的個性，但大概明白星野想說什麼。

我們第一學期剛認識的時候，她確實給人一種難以親近的氛圍。

這個人到底在想些什麼啊——我也曾經產生這種想法。

可是我們透過讀書會，稍微打成一片了。雖然現在——還是會不知道她在想些什麼，她的表情卻已經比以前柔和許多。

尤其是在平安夜展露的那抹笑容——

「月森同學為什麼會想要改變自己啊？」

「這……應該是……」

「……應該是什麼？」

「沒有，沒事——」

預備鐘剛好在這個時候響起，所以我和星野馬上回到教室。

在課堂開始前，再度看了一眼窗邊的空位。

無人的座位前方，是窗外的一片寒冷天空。

不知道為什麼，我今天一整天始終擔心著月森，擔心得不得了。

＊＊＊

當天放學，晶、陽向、西山與伊藤要繞到別的地方，所以我自己一個人回家。悠悠哉哉地來到結城學園前車站，然後搭上電車。

當我坐在電車上，心裡想著月森時，下一站有兩個熟悉的人搭上相同的車廂。正想出聲叫她們時——

「哎呀，這不是真嶋大哥嗎？」

首先開口叫我的人，是月森的妹妹若葉。

她今天揹著紅色的小學書包，戴著黃色的通學帽。

而另一個人——穿著便服的夏樹看到我則是一臉訝異。

「嗨，會在這個時間碰面，代表夏樹是去學校接妳嗎？」

「嗯，小夏來接本大爺回家。」

看來若葉都叫夏樹「小夏」。

「夏樹，妳今天放假？」

「沒有，我提早離開，只上上午的課。所以才會去接若葉——」

「平常都是結姊接本大爺回家，可是她感冒了，所以小夏才會來～」

看來平常去接若葉放學的人是月森。

——她平常果真必須照顧年幼的妹妹……

「其實妳們姊姊向學校請假，我很擔心。夏樹，妳姊姊還好嗎？」

「還好。傍晚有量體溫，已經退燒了。我想不用再擔心了……」

「這樣啊……」

但就算已經退燒，還是不能勉強自己。

「小夏，今天晚餐吃什麼？」

「今天去超市買回家吃吧？」

「太棒啦！肉！本大爺想吃有肉的！」

我聽著她們聊天，順便問問她們平時晚餐都怎麼解決。

「平常都是結姊煮晚餐喔。」

「妳們的爸媽呢？」

「爸媽平時要工作，都比較晚回家……家事都是姊姊在做。其實我也想幫忙，可是她都說我還要準備考高中……」

「這樣啊……」

打理家務，外加上學和打工……逐漸看清月森家的狀況了。

「對了！真嶋大哥，如果你擔心結姊，要不要來我們家？如果你來探病，結姊絕對會很高興！」

「不行啦！」

夏樹首先插嘴。

「咦～有什麼關係嘛……」

「要是姊姊的感冒傳染給真嶋大哥就不好了，聽話。」

若葉不悅地嘟嘴，夏樹則是溫柔地講道理。

「我會告訴姊姊，說真嶋大哥很擔心她……」

她真的是個有禮貌、思慮深遠，而且非常溫柔的女孩。

「對了。那我有件事想拜託妳們——」

我打開書包，從裡頭拿出筆記本。

「——這是今天上課的筆記。雖然字很醜，但還是看得懂啦。可以幫我轉交給妳們的姊姊嗎？」

「收到！」

若葉笑著收下筆記本，然後交給夏樹，夏樹再將它輕輕放入若葉的書包中——這時候，正好到了下一個停靠站。

「真嶋大哥，拜拜，下次見喔。」
「那個……謝謝你擔心姊姊。」
「嗯，那我們下次再見。」

她們兩人下電車後，在月台對我揮手。我也輕輕揮手致意。
我看著她們好一會兒，只見她們牽著彼此的手，感情融洽地回家。
——兄弟姊妹啊……
在抵達有栖南車站前，我始終想著「兄弟姊妹」這個詞。
無論是和上田兄妹，還是月森姊妹比較，我和晶之間的關係就是和他們不一樣。
雖然我和晶是名義上的兄妹，不過我們感情很好。甚至有點太好了。
我們正慢慢成為明顯與普通兄妹不同，同時也能解釋成男女之間的關係。
昨天去游泳池時，還有前天拍大頭貼時——我們持續發生普通的「兄弟姊妹」不會有的狀況。
——孟德爾定律毫無親情可言。
比起血緣關係，心心相印更重要。
說不定這句話的意義也該更新了。

——畢竟晶想必不想永遠與我維持兄妹關係……

我無奈地露出苦笑，然後走下電車。

……當我回到家——

回到家後過了許久，晶帶著亢奮的心情回來了。

「老哥，你看，你快看～！今天回來的路上，我拍了接吻大頭貼喔～！」

「啥！什麼時候！跟誰！怎麼親的！」

晶隨著一聲「鏘」，將手機拿給我看。

對象是西山令我鬆了口氣，不過她們的臉靠得非常近。然後用一個「♡」遮住她們互碰的雙唇。

「這個怎麼樣！其實嘴唇沒碰到，只差一丁點！」

「什麼嘛，是假裝的喔……」

「你為什麼鬆了口氣？」

「沒有啊，反射性……」

「另外，這張是跟陽向，這張是跟天音♪還有啊——」

「嗯～～……」

……這該怎麼說呢？

她秀出跟女生的接吻大頭貼，我頓時覺得心裡好悶。

＊＊＊

隔天我一進教室，馬上看向窗邊，月森就坐在位子上滑手機。

向光惺還有星野問聲早後，前往月森身邊。

「月森同學，早安。身體還好嗎？」

「唔……！真嶋同學，早安……」

月森驚慌地蓋住手機，好像沒發現我走來。

我因此完整看見手機的背面。上頭沒裝手機氣囊支架，這著實令我有些落寞，但這個不重要——

「身體怎麼樣？」

「沒事。好像是前天打工的時候，不小心讓身體著涼了……」

「這樣啊。不過既然恢復了，那就好。」

「那個……我昨天有聽若葉她們說你很擔心我……謝謝你。」

總覺得有點不好意思。

我抓了抓鼻頭，月森則是從書包拿出筆記本。

「也謝謝你的筆記。」

「有因為我的字太醜，花了很多時間解讀嗎？」

月森聽了輕笑一聲說：「沒問題。」我看到她的笑容就放心了。

「月森同學，妳真的沒有什麼傷腦筋的事嗎？」

但我還是說出昨天煩惱著是否應該說出口的話。

「咦……？」

「寒假結束後，妳好像一直很累。我有聽夏樹她們說了，家裡很辛苦吧？」

「家裡……？」

「嗯，我知道這樣很多事，也不知道是否能幫上忙，可是如果有煩惱，我至少可以聽妳訴苦……」

月森瞪大了圓滾滾的眼睛。

她覺得我這是廉價的同情嗎？

她覺得自家的事，與我這個外人無關嗎？

但我希望她至少明白我很擔心她的心情——

「啊……」

當她就要開口說話的瞬間，淚水突然從眼裡滾落。

月森一邊哭一邊感到不解。

她自己也很驚訝，不知道自己為什麼要哭——在我眼裡是如此。

「月森同學，妳怎麼了！」

「對不……這……沒什麼……」

她急忙擦乾淚水。

我嚇得動彈不得，結果上課鐘就響了。

困惑、躊躇與慌張——這種狀況應該怎麼辦才好，我的腦袋一片空白。

「啊，呃……我好像太多嘴了——」

當我打算道歉，她輕輕拉扯我制服的手肘一帶。

「真嶋同學……——」

就在同學們吵吵鬧鬧回到自己的座位時，月森美麗又纖細的聲音悄悄地，但清晰地傳進我的耳中。

「我……現在很傷腦筋……」

＊＊＊

時間來到午休，我和月森一起前往學生餐廳。

這個時期的學生餐廳基本上很空。雖然在校園腹地內，但蓋在離校舍有點距離的地方，在這種冷天還要換鞋走過去，簡直是折磨人。

因為有這層理由，大多數學生都會在上學途中先買好麵包、飯糰或便當，好盡可能不走出教室。不然就是到校舍內的福利社買午餐。

現在實際走一遭，偌大的學生餐廳當中，確實只坐滿了三分之一的座位。

我們不想在意旁人的目光，所以這樣正好，可是看著那些默默做事的阿姨們，就覺得她們好落寞，而不是開心。

「那我們坐這裡吧？」

「嗯……」

我不好意思地點了五塊炸雞塊，然後來到座位上。

原本要分一塊給月森，但她鄭重拒絕了。她的食量好像本來就不大。

月森左手拿筷子，戳著裝在小便當盒中的配菜，卻沒吃進多少——試著說點什麼轉換心情吧。

「這個便當是月森同學做的嗎？」

「嗯。」

「好厲害喔。每樣菜看起來都很好吃。」

「……要吃嗎？來——」

月森輕輕夾起煎蛋捲，遞到我面前。下一秒，我和月森這才突然回神。

「啊，不了，沒關係……」

差點就被餵食了。

——她是順著餵食若葉的習慣，才這麼做的嗎……？

月森似乎也是無意識這麼做的，因此害羞地把遞出來的煎蛋捲放進自己嘴裡。我跟著感到難為情，低頭看著自己的便當。

「擅、擅長下廚真好啊～！」

「會、會嗎？」

「因為我的廚藝很不怎麼樣啊……！」

我顧左右而言他，卻開始感到愧疚，無論是對自己準備便當的月森，還是替我和晶準備便當的美由貴阿姨都是。

不管美由貴阿姨早上多早出門，晚上多晚回家，當我和晶要出門的時候，桌上一定會有她準備好的便當。

我和晶都理所當然地拿走，但現在這樣重新回想，美由貴阿姨總會嚴格地督促自己做好家事和工作，真的是個很厲害的人。

月森也是。

她要上學、做家事，還要照顧妹妹，更要打工……

跟我這個理所當然坐享其成的人相比，真的是個很厲害的人。

一會兒後——我們吃完便當，進入正題。

「好了，什麼事讓妳覺得傷腦筋？」

「是家裡的事。夏樹正值叛逆期……」

「叛逆期？夏樹嗎？」

我有點驚訝。

昨天有見到夏樹，可是看起來完全沒有那種跡象。而且還以為她的煩惱是學業、家事或

打工，沒想到卻是為了夏樹煩惱。

「私立學校的考試就快截止報名了，可是夏樹還在跟父母吵……」

「哦，她是國三生吧？為什麼要吵？」

根據月森所說，事情是這樣——

夏樹獲得有栖東山學園——簡稱「有東」這間學校的推薦資格，學費可以完全免除。

那裡是運動強校，常態分布值也算高。

可是夏樹卻打算拚我們這所結城學園的普通入學考，目標是獲得學力特優生的身分，以免除所有學費。

月森表示，夏樹是會讀書的孩子，所以就算學力特優生難以達成，也考得上這所學校，而且應該能達到學費減半的門檻。

可是爸媽卻強烈反對。

說什麼好不容易拿到推薦名額，居然放棄，太離譜了。就選有栖東山學園。用推薦資格獲得學費全免，重新考慮——等等。

夏樹聽了，堅持想來結城學園，因此反抗父母。

因為這件事情，月森家年底上演了一場抗爭——

「不過真沒想到耶。那個夏樹居然會反抗父母？」

「別看夏樹那樣，其實非常頑固。」

「嗯……就我看來，她只是個老實、純真又認真的人啊……」

「夏樹是在家會比較霸道的那種人，所以在家有點臭屁。」

「可是為什麼要這麼堅持就讀我們結城學園？有東也是推薦，然後學費全免吧？」

「我是覺得夏樹不想去有東。」

「為什麼？」

「因為沒有要繼續打棒球了……」

原來如此，棒球……——

「呃……咦！夏樹有在打棒球嗎！」

「嗯……有這麼驚訝嗎？」

「沒有啦，我還以為是管樂社或是文化類的社團……」

雖然是我自作主張的想像啦。

「夏樹是王牌投手。」

「王牌！」

「有東也是用運動推薦上的……」

「運動推薦！」

「……真嶋同學，你從剛才開始是怎麼啦？」

月森以不解的眼神看著我。

「沒有啦，我是真的覺得很意外……而且聽說有東只收非常厲害的選手的運動推薦，所以想說，夏樹一定在女子棒球界很活躍吧……」

「女子棒球？為什麼？」

「妳怎麼這麼問？因為……」

不是啊，就算妳用不解的眼神看著我也沒用啊。

當我這麼想，月森似乎察覺什麼了，輕笑一聲。

「真嶋同學，夏樹是男生喔。」

……什麼？

「啊，呃……所以夏樹不是妳妹……」

「是弟弟。」

「啊……──」

──……好險啊啊啊啊──！我差點又搞笑了──！

我總算是在千鈞一髮之際沒「搞錯弟妹」，及時止步。

不對，應該要說，我這段時間都以為人家是月森的妹妹，不過有防範未然，沒有一直當他是女生而傷害到他。真是太好了……

──不對啊，就算是這樣，夏樹也長得太可愛了吧……

他清純可人，與球棒相比，長笛還比較適合──

『因為我覺得你很成熟、很帥氣……比如臉啦、聲音啦……』

──不不不不不！

我在期待些什麼啊！夏樹不是女孩子，有什麼好失落的啊！

月森見我慌亂的模樣，嘻嘻笑著。

「你覺得很失望？」

「對啊，嗯，算是……不對啦！那若葉也是弟弟？」
「不是，若葉是妹妹。」
什麼嘛——我鬆了一大口氣。
話說回來，這該怎麼說呢？真不知道該怎麼說。
原來夏樹是偽娘……不對，原來他是男生啊……
「那妳之前說有兩個弟弟是？」
「我還有一個弟弟。若葉是雙胞胎，之前沒帶他出去——就是上次我搞錯，把他的禮物交給你的——」
「哦！要用那個手套的弟弟！」
月森錯把棒球手套這樣聖誕禮物塞給我——原來那個本來是要送給若葉的雙胞胎弟弟。
順帶一提，我在第三學期的開學典禮時，就把那個手套還給月森了。
「原、原來是這樣，我沒聽說妳有妹妹……」
「因為你也沒問。」
「啊，嗚……」
我不禁語塞。
聽到她有弟弟，就一個勁地咬著這點，確實是我不好啦……

「所以你們是四兄弟姊妹？」

月森點頭「嗯」了一聲後，表情又變得有些沮喪。

「所以你覺得該怎麼說服夏樹決定自己的志願？」

「他不想打棒球，所以想拒絕體育推薦，搶這所學校的學力特優生名額，可是爸媽強烈反對，是嗎……」

夏樹的爸媽恐怕是想讓他打棒球吧。

就算同樣是學費全免，既然我們學校的學力特優生名額沒那麼多，還是有風險吧——當我這麼想，卻出現一個問題。

「夏樹為什麼不想打棒球了？」

「我就是不知道這一點……」

「這樣啊。那妳呢？想讓夏樹繼續打棒球嗎？」

「嗯，因為我猜他還是很喜歡棒球。」

……嗯。

事情開始混亂了。

不想打棒球，可是還喜歡棒球？這是怎樣？

「總之為了釐清這件事，必須先跟夏樹談談才行。」

「可是他都不告訴我們家人……」

「不然要我巧妙地問問看嗎？」

「咦？真嶋同學嗎？」

「不知道他肯不肯告訴我，不過我可以幫妳問喔。」

月森一臉顧慮，煩惱著不知該如何是好。所以——

「既然都說這麼多了，就別再跟我客氣。有困難的時候，就要互相幫助啊。」

我這麼說，好不容易讓月森點頭答應。

「話說回來，還以為妳的煩惱是打工或自己的事。這樣啊，原來是在煩惱夏樹啊……」

「這是我自己的事啊。因為夏樹的問題就是家人的問題。」

「這樣啊，說得也是……」

我兀自想通，笑著面對以不解的神情看著我的月森。

＊＊＊

「——然後就決定幫助月森學姊了嗎？」

當天晚上，我在晚餐過後把夏樹的事告訴晶。

順帶一提，當我說夏樹不是女生，是男生之後，晶也訝異地瞪大了圓滾滾的眼睛。看來她也跟我一樣，誤會人家是女生了。

「對啊。因為我就是有點在意月森……應該說是夏樹……」

「唉……老哥就是這樣……但這也是你的優點……唉……」

「也是優點……然後呢？」

我問完，晶隨著一句「沒事」大大地搖了搖頭。

「那我也來幫忙！」

「咦？」

「因為我老是依賴你，這次也想幫你啊。」

「可是……」

「在你跟夏樹談話的期間，我就負責陪若葉。這樣如何？反正我也想見若葉啊。」

嗯，是這樣沒錯。

上次去游泳池的時候，晶自然而然就接納了走失的小孩涼香。

若葉也用「晶哥」稱呼她，很喜歡她，或許真的可以交給她。

「那晶，妳要來幫我嗎？」

「嗯！包在我身上！我會捨命陪君子喔，老哥！」

如此說道的晶露出堅定的笑容。

「老哥還不知道那件事……很好……」

「妳在好什麼啊？」

「沒、沒有喔！我只是覺得你今天也好帥～！」

……嗯。

她果然瞞著什麼事。

1 JANUARY

1月18日（二）

今天犯下各種失敗……

前天去游泳池的疲勞已經消除，可是最近整天都會想著老哥。

今天在上課中發呆，結果被老師點到，發出了怪聲。好丟臉……

我是不是還沉浸在六日的餘韻當中啊？

尤其當我想起跟老哥一起泡澡時的事，簡直不能自已……

昨晚也想起那時的事，結果睡不著，今早起床也很難爬起來。

我會在上課時不停傻笑，吃飯時想起也會傻笑，老哥的身影就是在腦中揮之不去……

我知道要轉換心情，可是就算什麼都不做，老哥的臉也會浮現啊……

對了，關於老哥，月森學姊那件事有進展了！

昨天月森學姊感冒請假。然後今天對老哥說她「很困擾」，並跟老哥商量了很多。

不過月森學姊想商量的事，是關於夏樹。

他因為志願跟爸媽吵架，月森學姊因為這件事一個頭兩個大。

老哥下次好像要去跟夏樹談談……

不知道夏樹踢掉別校的推薦，來考我們學校的真正理由是什麼？

希望老哥能順利問出原因……

事情就是這樣，這次我也要好好參與其中！

其實也不是擔心月森學姊跟老哥啦……

反正我想見若葉，而且也很在意夏樹的想法！

所以這次我會幫忙老哥，讓他知道我是個可靠又重要的妹妹！

所以了，才沒有很在意月森學姊！

……我是說真的。

第7話「其實我要和繼妹一起照顧同班同學的弟妹了……」

時間來到週末，一月二十二日，星期六。

這天我和晶一起前往月森家。我們真嶋兄妹之所以這麼做，是為了照顧月森的弟妹。

「晶，今天謝謝妳了。」

「嗯，我也想見若葉啊，交給我吧。」

「晶哥，妳好可靠喔。」

「老哥，我要生氣嘍……？」

「對不起。」

——好啦。

今天月森打工不在家，所以不能照顧底下的弟妹。

話雖如此，月森說他們兩人都不太需要費心照顧，所以我們打算由我教夏樹念書，然後我看情況，詢問他的志願問題。

至於晶，我拜託她負責照顧若葉。

聽說最近若葉不用練習棒球的日子，都會在家打電動。

既然如此，我想晶會跟她臭味相投，所以就拜託她了。結果她比平常還有幹勁地說：

「打電動就交給我！」

「順便說一下，雙胞胎弟弟現在在國外，不在家。」

「咦？為什麼？」

「說是去參加少棒的國際賽事。她爸媽都跟著弟弟出國了。」

「哦～好厲害喔……」

我認知的月森家內情出現了一點變化。

他們的爸媽在「KANON天使隊」這支職棒隊伍的加油席上認識。雙方都是球迷，因此一拍即合，於是開始交往，然後結婚。

據月森所說，球迷之間交往或結婚似乎不是什麼稀奇事。

或許就是因為這樣吧，他們爸媽對棒球具有高度熱忱。月森他們四個兄弟姊妹從小學開始，一直有打棒球，是所謂的棒球家庭。

順帶一提，月森國中時是壘球社，若葉現在是當地少棒隊的隊員，跟男生們一起開心地追逐那顆白球。

而今年小五的弟弟很有才華，夏樹也是個很厲害的投手，不過據說這個弟弟將來有望超

越夏樹。

也是因為這樣吧，如今爸媽的期待都集中在弟弟身上。

他們希望他能認真以職棒為目標——大概是這樣吧。

我輕描淡寫地把月森家的情況告訴晶後，她一臉五味雜陳。

「老哥，可是這樣啊……」

「怎樣？」

「不就是為了弟弟，放生其他兄弟姊妹嗎？」

我說：「外人看來確實是這樣吧。」

「可是月森自己好像不這麼想喔。」

「是喔。可是為什麼她能做到這種地步呢？」

「這就代表家人對她來說有多重要吧。」

不惜犧牲自己——我要是這麼說，或是有這種想法，都對月森很失禮吧。

這是月森選擇的道路。

如果她無怨無悔，那我也想稍微多管一下閒事。

＊　＊　＊

我們如預定的時間抵達月森家，當我按下門鈴，夏樹隨著一聲：「來了。」開門迎接。

他頂著紅潤的臉龐，從門後探出一顆頭，一知道是我便馬上跑出來。

「真嶋大哥，你好。」

「夏樹，你好啊。關於今天——」

「啊，是！姊姊有告訴我。謝謝你今天跑這一趟！」

夏樹低頭道謝——他與人相處的距離感覺好近啊……

他白皙的指尖從寬鬆的帽T衣袖中伸出，雙手不停在胸前反覆握緊了又放開，感覺很不安。而且有些濕潤的髮絲間，飄出一股甜甜的香氣。

他知道我要來，特地沖了澡嗎？

真可愛……不對不對，不是不是，夏樹是男的。

夏樹是偽娘，夏樹是偽娘，夏樹是男的……好！

「夏樹，今天多指教了。」

「好的！所以……你真的願意教我念書嗎？」

——拜託，就算你用這麼美麗的眼睛盯著我看……

我開始覺得害臊，忍不住別開視線。

「對、對啊……數理可能有點微妙，不過我姑且算是擅長文科……」
「我文科很不行。所以幫了大忙！」
——拜託，就算你用憧憬的眼神盯著我看……
「這、這樣啊……那我應該幫得上忙，太好了。」
「對！……啊，但前提是，假如你不覺得麻煩……」
「不，我不覺得麻煩……！」
看到夏樹一臉不安，我心慌了一會兒。
「可以教你念書，應該說我很高興……」
「高興？為什麼呢……？」
「啊，沒有啦，我的意思是，就是……我很在意你——」
「為什麼會在意我呢……？」
「就是——」

「——咳咳！」

晶咳了一聲。

「老哥，來集合一下。」

「好……」

我和晶稍微遠離夏樹。

晶看起來已經很不高興，當我們獨處，她顯得更不高興了。

「夏樹是月森學姊的弟弟沒有錯吧！」

「對啊，嗯，是弟弟……」

——雖然那是我聽說的啦。

「既然這樣、既然這樣，為什麼你要心跳加速啊！這張傻笑的臉是怎樣啊！」

「哪有，我沒有啊，我說真的，這是……」

當我什麼都說不出口，支支吾吾時——

「請問……你們怎麼了嗎？」

夏樹從遠處發出聲音。

晶在瞬間瞪了我一眼，接著裝出笑臉面向夏樹。

「夏樹，對不起，讓你久等了——」

然後摟著我的手。

我戰戰兢兢地開口：

「呃……晶小姐，妳在做什麼呢……？」

「宣示愛意。」

——我的老天！

「晶，放開我！」

「不要害羞啦～」

「我才沒有！」

我急忙想甩開她，沒想到她牢牢抓著，根本紋風不動。

「你、你們的感情真的很好耶……說是兄妹，更像是一對情侶……」

「說得好！其實我和老哥——」

「喂！不准多嘴！夏樹，你誤會了！我們是……我是說……——」

這個狀況是怎樣？

之後我拚死辯解，但說實話，我的腦子已經陷入恐慌，不太記得自己說了什麼。

＊＊＊

我和晶跟著夏樹的腳步走進家中，光是來到玄關，就可以感受到他們是棒球之家。

傘架上有三根用舊的球棒，櫃子上有手套專用的保養噴霧、簽名球，還有和職棒選手一起拍的照片，這些棒球用品都整齊地擺著。

就算覺得稀奇，一直盯著也很失禮，不過還是感覺得到跟我們家的差異。

我們來到走廊，左手邊就是客廳。

裡頭傳出電玩的聲響，我馬上就知道是若葉在玩。

「若葉，真嶋大哥他們來了喔。」

夏樹說完，若葉按下暫停，轉向我們這邊。

「啊，真嶋大哥！晶哥！你們好！」

「若葉，妳好啊。」

「嗚咕……我是女生……」

「那晶哥，來跟本大爺打電動吧！」

「可以啊，有什麼遊戲？」

若葉把感覺在百元商店買的置物籃從電視櫃中拉出，然後拿給晶。

這時候，晶看到某個電玩軟體，眼睛瞬間亮了起來。

「那就玩這個吧？」

「晶，那是——」

「『終武2』？反正本大爺很強，可以啊～來玩吧♪」

——哎～呀……

「晶，交給妳了喔……」

……可千萬別把人家弄哭喔。

只見晶豎起大拇指，對我露出調皮的笑容。好擔心啊……擔心若葉。

「那真嶋大哥，我們去二樓吧？」

夏樹微笑說道，我則是壓抑著狂跳的心臟，跟著夏樹走上二樓。

……話說回來，別跳了，我的心臟。

＊＊＊

「我懂了！真不愧是真嶋大哥！」

「沒有啦，這很簡單……啊哈哈哈……」

——怎麼辦？傷腦筋了啊……

我和夏樹開始念書後過了一個小時，但我實在是傷透腦筋。

因為——

「真嶋大哥真的很會教人。頭腦聰明又很帥氣，好羨慕喔～」

「沒有啦，沒有你姊那麼聰明啦，真的……啊哈哈哈……」

「你果然有女朋友了吧？」

「沒有，沒有啦。我又不受歡迎……」

「這一定是騙人的。你會念書又長得帥，肯定很受歡迎啦！別隱瞞了，告訴我啦～」

「沒有啦，我說真的。啊哈哈哈……啊哈……哈哈……」

──這小子也太會吹捧人了吧！

夏樹從剛才開始就一直誇我。有夠開心。

我表現得愈是謙遜，他就愈會說出吹捧我的話語。

每當我聽見那些誇讚，就會心跳加速，只能拚死壓抑心裡的小鹿。

說實話，這樣根本顧不得教他念書。

「對、對了，我換個話題。你為什麼要考結城學園啊？」

「呃……我想拿到學力特優生的資格。」

「這我聽你姊講過了。你的目標是學費全免吧？」

「對，沒錯。」

──問題在這之後……

「既然這樣，其他私立學校也可以吧？要擠進我們學校的名額很難喔。」

「果然是這樣嗎？」

「因為這樣就要考進前幾名。經過這一個小時，我知道你很會念書，但也不代表當天可以發揮這樣的實力啊。」

「就是說啊……」

夏樹一臉煩惱。再稍微問得深入一點好了——

「除了可以免除學費的學力特優生資格，你還有其他想考我們學校的理由嗎？」

「有，那裡離家裡最近，我也調查過學生之後的出路都不錯。因為以後想考國立或公立的大學……」

「你好認真喔……國三就想到大學那麼遠的事了啊？」

「對。我打算念到大學——可是……」

夏樹的表情突然暗了下來。

「怎麼了？」

「我們家不是很有錢。爸媽都在工作，姊姊也會打工，可是再這樣下去，若葉他們應該會很辛苦……」

「這樣啊……聽說你不打棒球了，也是因為這個嗎？」

「對，其實……你有聽說我弟弟現在遠征國外吧？」

「有啊，聽說他很會打棒球……」

夏樹輕輕把手上的自動鉛筆放在桌上。

「弟弟跟我不一樣，他是真的很厲害。爸媽都支持他，希望他能以職棒為目標，可是球具、打擊中心的費用，還有遠征費……統統都需要錢。而且等弟弟上國中之後，會比現在更花錢……」

「你不想繼續打棒球嗎？把職棒選手當成目標……」

「我是想過要打進甲子園。但家人還是最重要的，所以我不想變成家人的負擔。」

「這樣啊……」

說了這些之後，我總算懂了。

月森家的家計艱辛，如此一來，該走的路也隨之確定。

這附近的公立高中的升學成績並不理想。即使掛出「錄取國立公立大學」的看板，其實也是他們自己去補習的成果。

換句話說，到頭來還是要花錢去補習班。

另一方面，私立高中——尤其是我們結城學園的資優班，就算不去補習班，也可以考難考的私立大學或公立大學。

而且如果是學費全免的特優生，扣掉課本費、制服費、校外旅行費等等雜費，兩邊一樣是準備考國立公立大學的學生，我們學校的總花費也會比較便宜。

——就算是這樣……

想去甲子園、想成為職棒選手的人，全國不知道有多少。

夏樹明明有那種才華，卻決定不走這條路。

因為他優先了比自己更有才華的弟弟。

同時也為了家人設計好自己的未來。

換個說法，夏樹是用消去法來考慮自己的未來志願。

「我再問你一次，你不打算在高中打棒球了嗎？」

「……對，我打到國中就很夠了。」

夏樹對我露出一抹笑容，但他說的話卻令我無比在意。

＊＊＊

和夏樹談完後，又繼續念了一個小時的書。之後來到一樓，聽到客廳傳出開心的聲音。

「看招看招～」

「晶哥好強！妳太狠了啦！」

我和夏樹來到客廳，看到她們兩人還在玩「終武2」。

她們玩得很投入，甚至沒發現我們來到客廳。

現在正好是第二回合，琴帥正把西鄉隆盛打得滿地找牙。

順帶一提，我之所以不用西鄉先生，是因為他打輸之後的影片非常哀傷。有隻小狗擔心地跑來，不斷舔著已經一動也不動的西鄉先生的臉，然後發出「嗚嗚」的悲鳴。

——這未免太可憐了吧……

「呵呵呵～天真，太天真了！」

「可惡～！又被幹掉了——！」

結果這兩個人根本不在乎那隻小狗的心情……

晶得意地笑著，若葉則是在一旁心有不甘地擺動四肢。

這時候，她們總算發現我們的存在，若葉對我們咧嘴一笑。

「啊，是小夏和真嶋大哥。書念完了嗎？」

「稍微休息一下。妳和姬野姊姊變得很要好耶。」

「嗯！晶哥很會打電動喔！打電動好強，好帥！晶哥是理想中的哥哥～！」

如此說道的若葉抱緊了晶。她就像一隻小狗一樣，黏在晶身上。

當我和晶四目相交，她對我豎起大拇指。交給她真是太好了。
「對了！小夏，你也跟晶哥對打看看嘛。」
「咦……我不用了啦……」
我拍了拍有所顧慮的夏樹的背。
「去啦，一次就好，過去被電吧。」
「咦咦！可是我還要溫書……」
「就一次。」
夏樹面有難色地和若葉交換。
——這讓我想起第一次和晶打電動那天的情景啊……
後來我們玩了一會兒，我又繼續教夏樹念書，然後再度告一個段落，我們四個人於是一起玩，時間一下子就過去了。
現在時間是五點過後，當我暗忖著應該要告辭的時候——
「我回來了。」
月森回來了。
晶聽到她的聲音，抖動了身體。
「晶，妳為什麼要緊張？」

「沒、沒有啊……」

月森從走廊探頭看了看客廳。

「真嶋同學、小晶，謝謝你們。」

晶又對月森的聲音產生反應，身體微微抽動。

「不會啦，感覺就像多了弟弟和妹妹，我很開心喔——對吧，晶？」

我示意晶回話，只見她以微妙的表情回過頭說：

「我也玩得很開心……」

「晶，妳怎麼啦？」

「啊，呃……那個……！」

晶看著月森的臉，臉色一下子變紅，一下子鐵青，非常忙碌。她看起來就像心生動搖，無法好好說話。月森則是看著這樣的晶，不解地微微歪頭。

「怎麼了嗎？」

「啊……呃……沒事！」

看這個樣子，是很有事呢……

「妳感覺怪怪的喔。」

「咦！才沒有那種事咧！」

「哦，是喔……？」

總之先不管慌亂的晶，我看向月森。

「我們要回家了，我晚一點再打電話給妳。」

「好。真嶋同學、小晶，謝謝你們。」

月森說完露出微笑。但晶不知道為什麼，只是低著頭閉口不言。

＊＊＊

「好了，妳剛才是怎麼啦？」

回家路上，我們在路燈的照耀下走著，我開口詢問晶。晶始終以複雜的表情走在旁邊，但看起來不太有精神。她是怎麼了呢？

「妳陪若葉玩，累了嗎？」

「不是……」

這時候，晶嘆了口氣。

「月森學姊果然是個很美的人啊……」

「嗯，對啊。」

「而且身材還很棒……」

「人家穿著外套，真虧妳看得出來啊……」

「為人穩重，而且很成熟……」

「別看她那樣，她也有調皮的一面——」

我的話還沒說完，手就被晶拉過去。

隨後直接挽著我的手臂，不斷用頭撞擊。

「老哥……」

「幹嘛？」

「你對月森學姊有什麼想法？」

——我對月森同學……？

「她好像扛著很多問題，還有夏樹選志願的事……妳怎麼問這個？」

只見晶又大大地嘆了口氣。

「老哥果然就是老哥呢……」

「什麼意思啊？咦？妳現在是在損我嗎？」

「我在誇你很認真。」

「可是妳的表情很傻眼耶。怎樣啦？有話想說就說出來啊。」

「沒事啦……唉……討厭啦……嗚喵————！」

她最後莫名其妙用疑似貓叫的「嗚喵」混過去，我依舊不知道她到底想說什麼。

＊＊＊

回到家，我吃完晚餐、洗完澡後，用電話向月森報告夏樹的事。

「——大概是這樣。他考慮到這些，才把志願改成結城學園……」

『這樣……因為錢……』

「所以——」

——不能想想辦法嗎？就算我對她說這種話，也無濟於事吧……

「反正事情就是這樣，希望能給妳參考……」

『我知道了。真嶋同學，今天真的很謝謝你。』

掛掉電話後，我握著手機在床上躺成大字型。

這樣姑且有守住跟月森的約定了。

可是為什麼我會如此無法釋懷呢？

晶感覺也怪怪的，我就這麼抱著鬱悶的心情閉上眼睛。

然後思索著夏樹的事。

夏樹原本也想在高中努力打進甲子園……

他還是喜歡棒球，我想他的真心話應該是還想繼續打……

可是顧及家裡的情況……

想必是有某種類似使命感的情緒，讓他變得如此固執……

雖然不想放棄，卻創造一個放棄的理由，好讓自己接受……——

我想起來了——

想起老爸那張在家中客廳露出困惑的表情。

那是我國中畢業後不久的事。

「咦？那你不打籃球了嗎？」

「對。我想說，打到國中就很夠了……」

「這樣啊……難得你這麼努力，站在我的立場是希望你高中也繼續打……」

「不了，很高興老爸對我有所期待，可是我已經打得很盡興了。你以後工作會變忙，所以這次想要換我來幫你。」

「小孩子不必想這種事。我們是父子，你可以繼續撒嬌啊。我身為你的老爸——」

「不，以後我也要幫忙家務喔。老爸，這些年謝謝你──」

──這樣啊。

當時的我大概也是一樣……

『……對，我打到國中就很夠了。』

我就像今天的夏樹一樣，露出有所顧忌的笑容。

『就算這樣她還是我可愛的妹妹，所以為了若葉，我也……』

為了家庭，為了家人……夏樹依舊決定放棄棒球。

因為和我放棄籃球的理由一樣，才無法放著那傢伙不管。

只不過……

其實我放棄籃球的理由還有一個……──

1 JANUARY

1月22日（六）

今天去月森學姊家打擾了。

在老哥教夏樹念書的期間，我負責跟若葉打電動。

若葉叫我「晶哥」，把我當成男生對待，但當我用「終武2」把她打得落花流水，她卻像老哥一樣纏著我再打一場……算了，因為很可愛，就允許她叫我晶哥！

若葉的定位是妹妹，那夏樹是……我的對手？

為什麼老哥會對他心動？他是男生對吧？

總覺得老哥跟夏樹怪怪的……應該沒問題吧？好在意二樓的情況，但我可是決定相信老哥了喔。

不過不過，月森學姊……真的不太妙……！

她本人已經比聽到的還要漂亮了，要是老哥知道那個祕密……！該怎麼辦啊！

只能從明天開始繼續加油了！

最後寫點認真的事。

我平常一直依賴老哥，所以站在我的立場，今天想為了他努力。

說實話，我有那麼一點擔心自己，可是反過來想，一想到老哥平常都是這種心情，就覺得自己學到了很多。

老哥平常吊兒郎當，但我想他一定替旁人想了很多。他會為了別人付出，也會小心不要太雞婆吧？

尤其是剛認識我的時候，他一定很費心。在陪若葉打電動的時候，就假設自己有了一個妹妹，站在老哥的立場想了很多。

今天就像這樣，稍微體察到老哥的心情，也希望自己未來不要光會依賴老哥，也要當老哥的支柱。

嗯……寫著寫著，感覺好害羞喔……

第8話「其實一連發生很多讓我心裡不舒服的事……」

月森家那件事之後，隔週的二十四日，星期一。

這天也跟月森約好在學生餐廳吃飯。我就是很在意夏樹，所以想跟月森談談。就在我要過去找她時——

「你最近跟月森偷偷摸摸在幹嘛？」

卻被光惺敏銳地察覺。

「我們又沒有偷偷摸摸。只是有點在意的事……」

「是～喔。」

光惺瞇起眼睛看我。

「幹嘛用這種眼神看我啦……？」

「沒有啊。」

這時候，星野過來了。

「光惺同學，今天也一起吃午餐吧♪」

光惺看著星野笑咪咪的模樣，表情顯得很微妙，於是我催他快過去。
我沒有把月森家的事告訴光惺，反正他也對這個話題沒興趣吧。
首先來到走廊跟月森會合，兩人再一起前往學生餐廳。
然後——

「——夏樹最後還是決定念結城學園……」

我聽到月森這麼說，整個人愣在原地。
我們在學生餐廳吃完午餐後，月森把他們家昨晚發生的事告訴我。
結果沒有改變。
但我之所以愣在原地，並不是因為夏樹決定就讀結城學園。

根據月森所說，事情是這樣——
遠征國外的弟弟大顯身手引領球隊獲得勝利，他們的爸媽笑容滿面，與有榮焉地回國。
他們在餐桌上聊了一會兒弟弟如何大顯身手後，這才總算聊到夏樹的志願問題。
原本以為會被臭罵一頓，沒想到父親心情大好，說夏樹想怎麼做，就怎麼做吧。

結果也沒聽夏樹說他為什麼會選擇結城學園——

聽了這一席話，根本無法釋懷。

「這樣問題根本沒解決吧……」

沒問夏樹選擇志願的真正理由，就要他隨自己高興做決定，這未免太……

而且夏樹也沒有主動對家人說出真正的理由。

這該說他們半斤八兩嗎？

為什麼啊？總覺得心裡很不舒服。

「真嶋同學？」

「……我沒事。只是在想這樣真的好嗎……」

「我跟夏樹談過了。問他這樣好嗎？他感覺鬆了一口氣，可是……」

「……可是？」

「他並沒有開心……」

——我就知道……

「我問妳，報名是到什麼時候？」

「今天……」

「是……是喔……」

就算現在——說是這麼說，也要等放學後了，就算到時後再跟夏樹談，那也來不及。

我真的無法釋懷。

只是呆呆地聽他傾訴，呆呆地告訴月森，呆呆地結束——大概是這種感覺。

「真嶋同學，謝謝你。」

「咦？謝我什麼？」

月森看到我無法釋懷的表情，突然露出客氣的笑容。就算我再遲鈍，也看得出來她是勉強自己擠出笑容。

「你會有這種表情，是為了夏樹吧？」

「啊，不……我根本無能為力，對不起……」

「夏樹跟你談過之後，看起來心裡暢快很多。」

「夏樹他……可是……」

倘若可能，我多麼希望能早一點聽他說話——想是這麼想，現在也已經後悔莫及。

「他好像真的很喜歡你。說你很有哥哥的風範。人溫柔，頭腦聰明，而且可靠……他說很尊敬你。」

「夏樹沒有生氣嗎？我擅自把他的志願告訴妳……」

「這倒沒有。他好像不知道怎麼跟我開口，所以很高興我都知道了。」

「這樣啊……」

「然後啊，夏樹和若葉都說想再見到你跟小晶。」

「咦……？」

「如果你們不嫌棄，可以再來看看他們嗎？」

月森之所以刻意以開朗的語氣說話，大概是為了我。

明知如此，卻還是藏不住心中的失落。

「這樣啊……」

我露出宛如夏樹那樣死心的笑容。

「這樣啊……」

再度嘆了口氣，小聲這麼說道。

接著聽見坐在前方的月森，羸弱地發出一聲：「嗯。」

＊＊＊

當天放學，我和晶一起回家，並把我和月森中午的談話內容告訴她。

「那老哥之後是什麼反應？」

「該怎麼說呢？我一句話都說不出來啊……」

「是喔……我應該也會跟你有一樣的心情。大概也無話可說。」

晶也失落地低頭。

我是很感謝她願意同理我，但無意讓她跟著沮喪。

「抱歉，跟妳說這些。」

「沒關係，我也很在意，所以不要緊。先別說這個，老哥，我們能做些什麼嗎？」

「咦？可是夏樹的志願都……」

「不是啦，我是說以後。」

「以後？」

「既然志願已經決定，就不能改變了，我在想能不能做點什麼，激勵以後的夏樹。」

「激勵啊——」

晶說得對，事到如今無法變更志願，既然如此，我們也能選擇替他加油，讓他至少能抱持積極的心態進入結城學園。

距離入學考試還有一點時間，我們也可以再去月森家，跟若葉玩耍之餘教夏樹念書。

然後把目標放在取得學力特優生資格……可是——

「——現在還是讓他靜一靜比較好吧？」

倘若隨意行動，說不定會害他傷心難過。

他即將面臨大考，我反而比較擔心這件事。

「但就是因為老哥不覺得這是個上上策，表情才會這麼難受吧？」

「雖然不是上上策，卻也是上策——就我的經驗來看，這種事還是需要時間解決……」

「你的經驗？」

「不，沒事……反正月森懂他，有她的陪伴一定不要緊吧？」

「嗯～是這樣嗎～？」

晶無法接受地扭著頭，但我曾經歷過，所以能理解。

總是需要一段無人打擾的時間。

「不過若葉和夏樹說他們還想跟我們見面，所以之後再去找他們玩吧。」

「那還用說。啊，不過……」

晶的話還沒說完，就閉口不言了。

「怎麼了？」

「啊～！沒有啦～！不用在意，不用在意！」

——這樣反而很在意……

「妳果然瞞著我什麼事吧？」

「沒、沒有啊……」

感覺好可疑。

「對了！今天晚餐要吃什麼！媽媽說她因為工作會晚回家，今天吃披薩好了！」

明顯好可疑。

對了，我們去月森家的那一天——當月森回到家，她們碰面時，晶不知道為什麼感覺很慌張。

「我先聲明，我和月森同學之間真的什麼都沒有喔。」

「咦？怎麼突然講這個？」

「因為每當我提到月森同學，妳都會變得很怪啊……」

「才沒有咧！」

晶鼓起腮幫子。

「哦，是喔？算了——反正，把妳隱瞞的事情全招了。」

「呃……咦……不知道你在說什麼～？」

「記得妳想當演員吧？也太不會說謊了，有夠明顯……」

「因為我在你面前想當個老實的人啊！」

——想當個老實的人，卻有事想瞞著我？是怎樣？

「那妳在我面前就更老實一點啊。」

「我喜歡你。請跟我交往。」

「超級大直球！但我不是說這個！為什麼要現在說這句話啊！」

「因為你叫我在你面前更老實一點，這句話超帥的！」

「我是帥哥嗎！不對，我又不是！」

我們就像這樣你一言、我一句，說著愚蠢的對話，不知不覺就到家了。

＊＊＊

後來時間慢慢過去，今天是二十八日，星期五。

月森在教室那副一派輕鬆的表情，還是跟平常沒兩樣。

在窗外冬季天空的襯托下，看起來也像是一種憂愁，但說不定是我多心了。

即使如此，一到了午休時間，她就會露出開朗的表情。

最近光惺和星野會加入我們，四個人一起吃午餐。月森總是配合著靜靜地只是微笑。

「結菜，這個星期六要不要出去玩？」

「對不起，我要打工。」
「這樣啊……那光惺同學——」
「我也要打工。」
「嗚！我原本只是想問你有沒有打工啊……」
總之星野的攻勢還是老樣子，光惺冷淡的回應也是老樣子。
不過月森看起來也稍微有在體貼他們，即使不知道兩人的狀況，還是會看氣氛行事。
我也配合他們三個人，將笑容掛在臉上。
但是說實話，其實我很在意夏樹的情況，卻說不出口。
當我不怎麼講話，便會察覺自己這份心思。

——最近我們在教室裡，大概就像這樣持續著不自在的互動。
或許就是因為這樣，每當到了社團活動的時間，我的心情就會變得比較放鬆。
唯有離開教室，埋頭在某件事當中，才有辦法不去擔心。
然而今天的社團活動卻很閒。
當我無事可做，茫然看著社團成員熱衷排練的模樣——

「真嶋學長，不好意思，能請你來幫我嗎？」

伊藤呼喚我幫忙。

於是我坐到伊藤旁邊。

「我該做些什麼？」

「我會整理成冊，能麻煩學長釘釘書針嗎？」

「收到。」

我就在伊藤身旁開始製作下次要用的劇本。

伊藤發出「咚咚」聲響，將紙張彙整好，我接過成疊的紙張後，用釘書機固定紙張的邊緣，發出「喀嚓」聲響。在這樣單調的作業間——

「話說回來，我好驚訝。」

伊藤靜靜地開口。

「嗯？妳是指晶和陽向要去參加甄選會嗎？」

「對，而且還被挖角，太厲害了。她們要去參加同一間經紀公司的甄選會吧？」

「對——不過我覺得很抱歉，之前都沒說。我們不是想當成祕密啦。」

「沒關係，你們昨天已經清楚解釋過了，我也不在意啊。」

「謝謝妳。不過啊——」

我停下手邊的工作，盯著西山。

昨天，晶和陽向把她們要去參加富士製作A的甄選會一事告訴戲劇社的成員。所有人都很吃驚，但最吃驚的人，就屬西山。

「和紗不要緊啦。」

「真是這樣就好了……」

西山臉上沒了笑容。她平常一定會找理由對我死纏爛打，這兩天卻很有社長的風範，認真、用心地排練。

那樣反而讓人覺得她很寂寞。

「等小晶她們甄選會合格，真嶋學長要怎麼辦呢？」

「我啊——」

——前天晚上，新田小姐總算連絡我們了。

她想盡辦法，好不容易讓上頭同意我擔任副經紀人。答應僱用一個高中生擔任副經紀人，而且還要讓他專屬於一個尚未通過甄選會的未知外行人，這實屬特例中的特例。公司內部協商因此遭到大多數人反對，但新田小姐還是想辦法讓事情圓滿解決了。

所以我要特別參加三月上旬的公司研修。

接下來的流程是，晶和陽向參加甄選會，確定合格之後才會正式僱用我。

然後四月有新進員工研修。

我在形式上是個工讀生，但還是要厚著臉皮去參加。大概是這樣——

我說完這些，伊藤顯得非常驚訝。

「所以真嶋學長是硬逼人家讓你擔任晶的副經紀人？」

「對啊。以防萬一先聲明，我可沒有戀妹情結喔。」

「你這樣就是戀妹情結啦。」

「才不是，我是傻哥哥。」

伊藤嘻嘻笑了。

「話說回來，你也真是豁出去了耶。」

「對啊，一想到我對著鐵腕經紀人擺架子，手現在還是會抖。」

「不過這樣很有學長的作風。你就是這麼重視小晶吧？」

「她是妹妹啊……」

隨後，我們繼續製作劇本。

「真嶋學長，這是最後一份了。」

「哦，嗯……」

「你怎麼了嗎？」

「不，沒什麼……」

＊＊＊

社團活動結束後，我叫晶和陽向先回去。

然後對著一臉陰沉走來穿堂的人開口：

「西山，我有點話想對妳說……」

「要告白嗎？對不起，我是外貌協會（Menkui）。」

「妳不用這麼看不起自己喔。怎麼說自己是五月皇后（May Queen）……」

「你說誰是馬鈴薯啊！」

「哦，這個槽吐得好。真虧妳知道五月皇后是馬鈴薯的品種耶。」

西山這才無奈地笑了。

但還是沒有平常的朝氣。

「既然學長不是要告白，是要說小晶她們的事嗎？」

「妳進入狀況的速度真快——我在想，妳是不是很在意晶她們的事。」

「不在意怎麼可能啊？」

「妳的語法很怪耶。果然很在意嗎……」

西山說了一句「那當然啊」，然後大大嘆了口氣。

「我們好不容易八個人一起努力到現在……」

「她們也不是要退社啦，不過會不太能參加社團活動吧……」

「我們的兩大招牌女演員要變成別人的了，唉……」

「由妳來扛起招牌不就得了？」

西山用力地瞪我。

「學長，你真的這麼想嗎？」

「看到妳昨天和今天認真的模樣，我是這麼想啊……」

「我跟你說，我有自知之明，自己在外貌比不過她們兩個人。演技也是。」

「嗯？妳今天對自己特別沒信心耶。」

「我本來就對自己沒什麼信心啦——但也知道，身為社長不能這樣……」

如此說道的西山沒自信地低頭。

「那學長要怎麼辦？」

「我？」

「天音有跟我說副經紀人的事。你這個戀妹老哥！」

「就說我是傻哥哥了！——不過我也會變忙吧，畢竟明年就是三年級了。」

「哎喲，討厭……才剛覺得可以使喚的男生好不容易變多了……」

「喂！再尊重我一點啊！」

真是個不可愛的傢伙。

可是不知道為什麼，一和她交談就會自然而然笑出來。

「話說回來，跟妳相處真的都不會膩耶……」

「那當然啊。我可是個不會讓交往的男人覺得膩的好女人。」

「哦，是喔。那妳跟誰交往過嗎？」

「很煩耶……真嶋學長就是愛多說那一句。」

「妳也是啊。」

西山才剛氣得跳腳，現在又露出落寞的表情。

「不過要是學長以後不來社團，我會覺得很寂寞。」

「妳壓根兒不這麼想吧？」

「…………」

「怎、怎樣啦？」

西山以憤怒的表情盯著我。

隨後眼眶變得濕潤。

又想跟平常一樣假哭嗎——

「當然會覺得寂寞啊！我很捨不得！請……請不要連你都不見啊……」

「咦？西山——」

「啊～討厭，討厭死了！我果然最討厭你了！」

西山粗魯地走過愣在原地的我身邊，就這麼回家了。

我獨自一人留在穿堂，看著不悅地踏出腳步的西山的背影。

真是莫名其妙的傢伙……

只不過，聽到西山說「最討厭我」，倒是感到有些不捨。

1 JANUARY

1月24日（一）

今天發生一件有點震驚的事……！

放學後，我跟老哥邊聊天邊走回家，他說月森學姊的弟弟──夏樹最後還是決定要報考結城學園。

在他的心中，好像已經決定不打棒球了……

老哥似乎是今天聽說的，他受了不小打擊。

該做的都做了，可是結果卻沒有改變……

他果然會……有這種沮喪的表情。

老哥和夏樹見面交談，教他念書，跟他一起玩，因為老哥一直想著他的事，我也非常了解老哥聽到之後會沮喪的心思。

可是既然已成定局，我也覺得無可奈何。

所以我們能不能做些什麼，讓他未來……我也不太會解釋，總之就是讓他好過一點呢？

老哥這麼沮喪，月森學姊一定也很煩惱。

所以我也想好好思考，看自己是否能做些什麼。

嗚嗚，可是月森學姊啊……

還沒跟老哥說月森學姊的事，也很煩惱要不要說……

這跟夏樹的問題沒有直接關聯吧？

所以我想以後有機會再說，可是不說才是為了月森學姊好吧？

啊啊，好煩惱啊！

該說出月森學姊的事嗎？還是應該閉口不言？

要是老哥知道了，他的心會倒向月森學姊嗎……？

第9話「其實我和繼妹被捲進有點麻煩的事……真相大白！」

西山說「最討厭我」之後。

我抱著五味雜陳的心情走向「洋風餐館・卡農」。

之所以來這裡，是因為與戲劇社去游泳池後的當晚——

『聽好了，絕對不准告訴晶喔。這是男人之間的約定，也是很重要的事——』

——我接到建先生的電話，他說無論如何都想撇除晶，跟我見面談談。

不知道他想說什麼，想必是非常重要的事吧。

——為了不讓晶擔心，先跟她說一聲吧……

我傳了LIME跟她說我和建先生約在卡農，要單獨聊聊。雖然還沒已讀，但她遲早會看見吧。

這時候，看見建先生穿著白色的西裝外套，手裡拿著手機站在餐館前。

「建先生。」

建先生發現我，轉頭面向這邊。

「哦，來啦來啦！真嶋，這個時機太讚啦！」

「你要跟我說什麼重要的事？」

「好啦好啦，那件事等一下，等一下會說～」

——嗯？他的興致怎麼這麼高昂……？

當我覺得事有蹊蹺，有兩個和建先生歲數差不多的中年男子從另一邊走來。

「有了有了！建～！」

「哎呀呀？這位學生是建建的朋友嗎～？」

——建建？對方是跟建先生很熟的人嗎？

「哦，大和！彌政！我來介紹，這小子就是之前提過的富士製作A的——」

「哦，是那個跟亞美對嗆的小子？哦～就是你啊～！」

彌政先生看到我，一臉訝異。

「你放話說要當建先生女兒的副經紀人，對吧？哎呀～真是個男子漢啊～」

現在換大和先生一臉佩服地點頭。

——話說回來，兩個人已經知道我了嗎？

「建先生，這兩位是？」

「是我的老朋友啦，上電視通告時很照顧我的鈴木大和製作人，還有佐藤彌政導播。」

——換句話說，他們都是演藝圈的人？為什麼突然……？

「你以後也要在這個圈子工作。算是個小規模的行前參觀啦。只要跟他們聊聊，就會知道圈內不為人知的生態了。」

「建、建先生……那你是為了我……？」

「你可別誤會。我是為了晶。要是你太廢派不上用場，傷腦筋的人是晶。」

這是我第一次打從心底尊敬建先生。

雖然一把年紀了還傲嬌，讓人起雞皮疙瘩，但他還是為了我和晶多方替我們周旋了吧。

——建先生，非常謝謝你……

「建，**女生**還沒來嗎？」

……嗯？大和先生，你剛才說什麼？

「應該就快過來集合了。」

「是嗎是嗎！還真期待今天的**聯誼**啊～！對吧，大和！」

「因為建他們公司都是些可愛的女生啊～！」

……嗯嗯？嗯？嗯嗯？

「總之我先走了——」
「你——先等一下！真嶋！」
我的肩膀被抓住，硬生生被留下來。
可是我已經什麼都知道了。
「等一下要聯誼對吧？」
「說實話……是沒錯。」
「那我要走了，大家辛苦了，再見——」
「喂喂～！真嶋！等一下啦！」
「可以把我的佩服還來嗎？」
後來我好幾次都想回去，可是建先生也不服輸，一直纏著我不放。
「安啦！女生之中也有高中生啦！」
「那樣問題更大！你在想些什麼啊！」
「所以不用擔心！今天聚會不喝酒！而且為了晶，你也必須習慣跟女人相處啊——！」
「才不需要！」
——這個人實在是～～～……
「我現在出個題目——十四世紀義大利的喬凡尼・薄伽丘的代表作是？」

「呃，《十日談》……啥？這麼突然嗎？」

「對啦，我們公司的山城美月會來！」

「咦！」

「就是那個說你很帥的女生！年紀也跟你一樣！」

「我、我記得啊……」

「所以啊，一下子就好！見過美月之後再走啦！」

「可是……」

「拜託！打個招呼就好！」

我的心正劇烈動搖中。因為晶阻止，至今甚至沒上網搜尋過山城美月這個人，但聽說她就住在附近，是我一直很在意的寫真女星。

「真……真的打個招呼就好？」

「對，沒錯！所以你再留一下！留到開場就好！」

「真、真拿你沒辦法耶，既然拜託成這樣了，我就留一下……」

「好啊！那今天聯誼要加油了——！」

「——爸爸、老哥，你們說要加什麼油～～？」

聽見這道聲音，我和建先生的臉色一口氣刷白。

我們緩緩轉頭面向聲音來源處——只見穿著制服的晶，正雙手交叉在胸前站在那裡。

「呃！晶！」

「妳……為什麼在這裡！」

「因為你突然叫老哥出來，我想一定是這麼一回事！」

看來晶看了我傳的ＬＩＭＥ後感覺到什麼，就趕過來了。

「晶，妳誤會了。先冷靜，看著我的眼睛，然後仔～細聽我解釋……！」

「真嶋說得對！這是那個！餐會啦，是餐會！」

「爸爸和老哥是大笨蛋啊啊啊啊————！」

晶終於發出大叫。

這時候，大和先生跟彌政先生察覺不對勁，來到我們身邊。

「怎麼啦……哎呀？建建，這孩子難道是……」

彌政先生詢問建先生。

「啊，呃……她是我的女兒，叫……」

「妳是小晶吧？我總是聽建提起妳喔。」

大和先生笑著對晶攀談。

「咦？啊……這樣啊……」

晶突然畏畏縮縮地躲到我身後。

一個認識自己的陌生大人突然來跟她說話，讓她久違發動「乖乖牌模式」。得救了……

「可是啊～聯誼還帶女兒來，實在不上道耶～」

如此說道的彌政先生轉向大和先生。

「對，沒錯。這樣寫真女星也會嚇到啦～」

大和先生說完，晶反應過度地大叫：「寫真女星！」臉也逐漸漲紅。

至於建先生，他的臉色則是逐漸慘白。

「爸爸，過來集合。」

「好……」

好，跟我想的一樣。

保重了，你就好好被女兒罵一頓——

「老哥也來！」

我沒能倖免嗎……

＊＊＊

我和建先生看著大和先生與彌政先生先行進入餐館中，自己則是到幾乎怒髮衝冠的晶身邊集合。

總之當我解釋自己是被捲入的被害者之後，晶也接受這個說詞了。這都歸功於我平常很乖，不過還是先別提起山城美月什麼的吧。

另一方面，建先生已經縮小到令人不忍直視。

他原本是個毫無流行趨勢可言的黑道路線惡霸臉，光是走在路上就會把小孩弄哭的人，現在卻快被自己的女兒弄哭了。

我第一次見他這麼窩囊，心裡忍不住吶喊：「晶，好啊，繼續！」

「爸爸，這是怎麼回事？」

「剛才那兩個人是電視台的人，我們有好幾年交情了……」

「我不是問這個！」

「是……——我、我們談到要不要辦慶功宴，然後就想說乾脆叫女孩子一起來，大家都很贊成……」

當下聽見某種東西斷裂的聲音。

「爸爸啊啊啊————！」

「噫！名、名目上說是聯誼，其實真的只是餐會啦！」

後來，我看著死命對自己的女兒解釋的建先生，心裡只覺得安心，幸好晶的怒氣全轉移到建先生身上了。

不過，如果晶沒有來，現在不曉得會是什麼情況……

就在這個時候──

「真嶋同學……？」

聽見一道透明又美麗的聲音。

我知道這是誰的聲音。

每次都是她先發現我──

「月森同學……？」

「為什麼真嶋同學會在這裡……？」

回過頭，正好看見穿著便服的月森站在那裡。

我們四目相交，然後雙雙驚慌失措。

隨後，建先生就像好不容易盼到幫手一樣開口：

「美月！救、救救我～！」

——咦？美月？建先生到底把她跟誰搞錯……——晶？

晶訝異得整張臉都僵住。

「月森同學，建先生叫妳美月……啊——」

換句話說——就連遲鈍的我，這次都發現了。

「月森同學就是寫真女星『山城美月』嗎——！」

我大叫之後，月森的臉瞬間漲紅。

她的眼眸就像不知該去何方那樣，不斷左右搖擺。

建先生驚慌失措，晶則是舉起右手蓋著臉發出「哎呀～」的聲音。

＊　＊　＊

「我是寫真女星資歷第二年的～夕美香織～♪興趣是製作甜點和抱石攀岩！今天真的很期待來這裡～！」

「換我換我～接下來可以換梨沙子嗎～？我是寫真女星資歷第三年的安村梨沙子！這算是興趣嗎？我有在健身房練身體～♪」

「我也是寫真女星，今年第十年～我叫熊見安美～♪興趣是喝酒和陶藝～♪」

現在炒熱現場氣氛的人們，是今天才剛認識的寫真女星姊姊們——她們正進行著令人難以言喻的自我介紹時間。

一言以蔽之，根本是地獄。

建先生主辦的「餐會」才剛開始十分鐘，我就已經仰天求救。

我剛開始根本沒想要參加。

可是晶為了監視建先生，說她也要參加。

而我根本不可能把妹妹丟在這裡，自然是乖乖坐下了。

順帶一提，據建先生的說法，這場「餐會」純粹是一場工作。

這話聽起來很假，但月森也說「這是工作」，我也只能相信。

好吧，不知道他們說的是不是真的啦，不過月森以外的三個寫真女星都很有親和力，而且興致勃勃地跟大和先生與彌政先生聊天。

另一方面，我、晶、建先生，還有月森則是——

「「「…………」」」

沉默不語……拜託，我真的超想回家。

晶從剛才開始就盯著建先生生氣，建先生一臉就像遇到世界末日，月森也不知道為什麼很沮喪……現在是在守靈嗎？

我們這邊的氣氛實在是糟透了。如果要抓戰犯，那肯定是在我旁邊這個縮得小小的，而且穿著白色西裝外套的人。

「那接下來換建建你們吧～！」

彌政先生轉向我們這裡。

「我是姬野建。請多指教……」

「我、我是真嶋涼太……」

「……我是晶。」

「我是山城美月。今年才成為寫真女星……」

……超想回家。

＊＊＊

我們自我介紹過一輪後，相談甚歡了一段時間。

我實在忍受不了那麼沉重的氣氛，很快就逃去廁所了。

這時候——

「那個……真嶋同學！」

月森在廁所前叫住我。

「對不起，我隱瞞自己的工作，我——」

「哦，沒關係啦，沒關係！妳在學校也沒告訴其他人嘛。」

「嗯……」

月森一臉愧疚，但又帶點沮喪。

「你討厭我了嗎……？」

……嗯。

搞不太懂。是因為對我有所隱瞞？還是因為她做的是寫真女星這份工作？

「為什麼？我沒有討厭妳啊。」

「太好了……」

月森長長地吐出一口氣。

「我會把這件事當成祕密，也會這麼告訴晶啦……」

「嗯，拜託你了。」

月森似乎是放心了，說完便回到建先生那邊。

隨後晶與月森錯開，走了過來。

「老哥……那個……我跟你說喔……」

晶就像個被罵過的孩子縮著身體。

「嗯？晶，怎麼了嗎？」

「對不起……」

「咦？對、對不起什麼……？」

「其實我早就知道月森學姊是山城美月……」

經她這麼一說。

晶打從在購物商場認識月森之後，每當我提起月森，她的行為舉止就會莫名其妙變得很可疑。若是因為如此，那一切都說得通了。

晶想對我隱瞞月森就是山城美月這件事。

「我耍詐了。」

「耍詐？」

「我想說，要是你知道月森學姊是寫真女星，你的心說不定會向著她……」

……嗯。

完全搞不懂。晶剛才這一席話，我是一個字都無法理解。

「為什麼？妳覺得人家是寫真女星，我就會喜歡上她嗎？」

「因為不管怎麼看，她的胸部都比我大啊——」

「先——給我慢著！我什麼時候變成巨大哈密瓜信徒了？」

「你不是嗎？」

「不是！就算是小哈密瓜，我也可以！」

「可是和紗說你一定是巨大哈密瓜信徒啊……」

「西山啊啊啊啊————！」

那傢伙又灌輸奇怪的想法給晶……

儘管覺得傻眼，我還是清楚向晶否定了。

「總之我都知道了……每當我提到月森同學，妳都慌慌張張的，是因為擔心我會喜歡上月森同學嗎？」

「嗯……」

——我這個妹妹怎麼可愛成這樣啊……

「之前也說過了吧？月森同學純粹是我的同班同學。」

「你會為了一個單純的同班同學，特地到人家家裡嗎？會照顧人家的弟妹嗎？」

「會。如果這個同學很傷腦筋。」

當我這麼說，晶這才放鬆地嘆了口氣。

「老哥果然就是老哥。你沒辦法不管有困難的人。你就是這麼認真、又笨又遲鈍，而且會為情所動的人。」

「居然說我又笨又遲鈍……只說遲鈍還比較好……」

如此說道的我和晶相視而笑。

之後晶回到座位，我則是走進廁所。

——認真、又笨又遲鈍，然後為情所動嗎……

先不說我是不是好人，我這個人就是無法放著有困難的人不管。

但總覺得在晶成為我的妹妹前，我並不是這樣的人。

如果我在這幾個月改變了，那一定是晶的功勞。

從廁所回到座位時——

「呃……國王該下什麼命令才好……」

晶拿著一根免洗筷，顯得不知所措。

看樣子在我跟月森還有晶說話的時候，他們開始玩國王遊戲了。

「喂，晶……哦哇！」

「小晶好可愛～！」「難道妳是第一次玩國王遊戲～？」

當我急忙要介入其中，卻被寫真女星們擋在外圍。

只有安美小姐一個人在原地收拾空盤……她真是機靈耶。我好像會變成她的粉絲——不對啦！

只見另外兩個人笑得不懷好意，在晶耳邊細語——

「只要命令平常做不到的事情就行了喔～♪」

「對，沒錯。比如稍～微刺激一點的命令♡」

「平常做不到的事情……刺激一點的嗎……」

——看妳們灌輸了什麼事給我妹妹啊！

「那老哥……」

「咦？我？」

我的心跳在一瞬間漏了一拍，不知道晶會做出什麼刺激的命令。

「啊～小晶，不對喲。」

「嗯嗯，國王要用號碼隨機命令人，不然就是對所有人下令喔～」

寫真女星們這麼訂正。

「那我就……命令所有人……」

我鬆了口氣，但也只有片刻。只見晶食指對著天花板——

「所有人在王面前俯首稱臣——！」

然後指著我們所有人道出命令。

——什麼？

「「「「「遵命～～～……………」」」」」

在場所有人除了我，全都俯首稱臣。

我覺得這個應該不是國王遊戲原本的宗旨，但命令就是命令嘛，嗯……

＊
＊
＊

兩個小時的聯誼總算結束，月森和三個寫真女星先離開了。而建先生和她們畢竟是同公司，就送她們四人到車站。

我和晶尚未離席，跟大和先生與彌政先生面對面坐著。

「哎呀～真開心啊，對吧，彌政先生♪」

「跟年輕女生一起吃飯就是開心啊！」

他們非常開心，但我和晶覺得有些疲憊。

尤其是從頭到尾被陌生大人包圍的晶，她看起來很疲累。現在人變少，所以總算比較冷靜了。

「請問你們不一起走嗎？」

當我輕描淡寫地詢問，大和先生說他們接下來還要喝。

「等建回來，我們三個男人還要續攤。」

「你、你們真有活力呢……」

「因為做這行就要靠體力決勝負啊。而且我也想好好跟建聊一聊。」

「請問……你們跟爸爸從以前就是好朋友嗎？」

晶問完，大和先生跟彌政先生都大大地點頭。

「算是十年來的戰友嗎？我們一直是跟建三個人一起闖過來的。」

「建建的做法雖然有些亂來，但他總會在演員之間幫忙牽線、緩頰，就這樣一路努力過來了。」

我們聽著他們一臉懷念地談論往事，晶顯得有些意外。

「爸爸算是跟別人處得很好的那類人嗎？」

「他跟仰慕他的後進演員還有資深藝人都很要好喔～」

「建建雖然是那個調調，卻很會照顧人，所以人緣很好呢。他在背地裡也給了我們很多幫助。」

彌政先生說完，大和先生也點頭如搗蒜。

「像今天的聯誼也是為了替我們現在正在企劃的節目牽線。其實就類似相見歡或是介紹會啦。」

還以為他只是想喝酒狂歡。

晶好像也是這麼想，她露出些微敬佩的神情。

「對了，我有聽說小晶也想進演藝圈喔。」

「而且還是被那個富士製作A挖角，挖角妳的人是那個新田亞美啊……」

「新田小姐身為一個經紀人，很有名嗎？」

當我這麼問，大和先生跟彌政先生都一臉嚴肅。

「她是圈內首屈一指的鐵腕經紀人。但絕對不會出現在幕前就是了。」

「既然你要擔任副經紀人，應該很快就會知道了，我勸你做好覺悟比較好喔……開玩笑的啦～♪」

雖然最後說得很詼諧，我還是稍微繃緊了神經。

看來新田小姐真的是個不得了的人。

「小晶，這是我們第一次遇見妳，不過建建老是把妳掛在嘴邊喔。」

「他還會拿照片給我們看。哎呀～妳真的好可愛～」

晶害羞地低頭。

「聽到你們快快樂樂出去玩，說實話有夠羨慕呢～」

「就是說啊，他老是在片場說因為女兒才能努力。」

「咦……？爸爸他……？」

「嗯。對建建來說，就算你們分開生活，一樣是很重要的女兒。所以雖然是那種調調，以後還是要跟爸爸好好相處喔。」

晶點頭說了聲：「好。」

「另外，他最近也常提到真嶋小弟的事。」

「咦？」

「他說你是會為了小晶努力的超棒老哥喔。既然你主動接下副經紀人這工作，未來也要跟小晶和睦地一起努力喔。」

「好、好的……」

我和晶都難為情地低頭。

那個人也真是的。晶就算了，真希望他不要擅自說出我的事。

「啊，對了。小晶，妳常跟建聯絡嗎？」

「咦？就偶爾……怎麼這麼問？」

「沒有啦，出了點嚴重的事……雖然他說沒事，還不准我們說出去，但其實他上個月在片場——」

大和先生的話還沒說完，建先生就回來了。

「我回來了喔——嗯？你們在聊什麼？」

「沒有啊～只是說你是個愛操心的傻爸爸。」

「煩耶……好了，散會吧。」

後來我們離開店裡，在外頭分開。

建先生跟大和先生與彌政先生三個大男人開心地往鬧區走去。

我和晶一愣一愣地望著他們的背影，晶隨即開口：

「原來爸爸不只是個隨便的人啊……」

「是啊。說不定只是裝出隨便的模樣吧……」

隨後，我和晶慢慢踏上回家的路。

晶挽著我的手臂，不過話比平常少，後來就漸漸不說話了。

走在冬天的夜空下很冷。冷歸冷，卻靜謐。

可是星空很美，不知為何，是個舒心的夜晚。

1 JANUARY

1月28日（五）

爸爸把事情搞砸了！

就想說他今天怎麼突然約老哥出去，沒想到居然是聯誼！

而且山城美月也有去，換句話說，月森學姊登場後老哥什麼都知道了！

先整理一下吧……！

老哥傳LIME給我，說爸爸約他待會兒見面，我覺得很可疑，所以跟陽向分開後前往「洋風餐館．卡農」……結果是聯誼啊！

而且居然叫老哥去湊人數，爸爸這個神經是怎麼長的啊！當我這樣罵他，月森學姊就出現了，老哥也就知道月森學姊就是山城美月……

我的努力都付諸流水……但看到月森學姊的表情，她感覺似乎不想被老哥知道，還一臉大受打擊……

考慮到月森學姊的立場，我沒有把這件事告訴老哥是對的。

可是……之所以不說，是為了我自己。

因為不希望老哥被她搶走。

我會反省自己這麼狡猾……

順便說一下聯誼結束後的事，很慶幸聽到爸爸努力的模樣。

這是鈴木先生和佐藤先生這兩個電視台的人跟我說的，爸爸雖然是那個調調，卻很會照顧旁人，大家都很喜歡他。

而且爸爸好像說因為有我，他才會加油。

好高興。

這讓我覺得爸爸很重視我。

儘管今天還是怕生了，希望總有一天能像爸爸那樣，成為許多人的依靠。

不過別再找老哥聯誼了喔，爸爸！

第10話「其實我想盡力幫助同班同學的弟弟……」

Jitsuha imouto deshita.

一月三十一日，一月轉眼間即將結束。

畢竟也要期末考了，再加上還要舉行高中入學考，社團從今天開始暫停活動，課程也只到中午。不過可以留校溫書，所以在星野的提議下，我、光惺、星野與月森四個人要再度舉辦讀書會。

「千夏，這題呢？」

「我看看——應該是這樣吧。」

「這樣啊，謝了。」

當光惺和星野在用功，我卻極度在意上個星期五的事情。

——月森同學是寫真女星山城美月……

這所學校當中，大概只有我和晶知道這件事實。

以前也從未聽過類似的八卦。

「涼太？」

「啊……嗯？」

「怎麼了？你的手沒在動耶。」

「哦，我不太懂這題啦……」

我面露苦笑，撇開腦子裡在想的事。

最在意這件事情的人應該是月森才對，所以我努力不多想，若無其事地動筆寫題目。

＊＊＊

「呼……稍微休息一下吧？」

「我去買喝的。」

「啊，我也去！」

光惺和星野走出教室後，我和月森面對面。

「月森同學，我問妳……」

「什麼事？」

月森顯得有些疑惑，說不定是在擔心我要問什麼。

我壓低聲音說道：

「上個星期的事，就是建先生……有件事情想不通。」

「嗯……」

「妳會開始做現在這份打工，是為了弟妹們？」

只見她有些煩惱。

「有點不對。我是為了自己。的確會補貼家裡一點錢，不過大部分是為了存我上大學需要的錢——不過仔細想想，你說的也許沒錯。因為我希望夏樹他們能好好升學。」

換句話說，她是為了不給家計帶來負擔嗎？

「你星期五見到我的時候有嚇到嗎？」

「是有一點。不過妳就是妳啊。」

我說完，月森就像平常一樣開始擺弄側髮。

「我也有事情想問你。」

「什麼事？」

「聽說你在山上救了小晶，那是真的嗎？」

「哦，嗯……那算是我救她嗎？比較像她救我吧——」

這個時候，我感覺到有哪裡不對勁。

「呃……月森同學，這件事妳是聽建先生說的吧？」

「嗯。」

「那妳該不會在讀書會前，就知道我有妹妹了吧？」

「嗯。大概十一月的時候，建先生在公司提到你的名字。另外，我也有看你演出《羅密歐與茱麗葉》。」

果然是這樣嗎？

建先生好像不知道我們是同班同學，不過月森在前陣子就知道我和晶是名義上的兄妹。

「真嶋同學，你是個替妹妹著想的好哥哥。」

「沒有啦，還比不上妳。」

「不，我……別說這個了，我覺得你變了。」

「咦？我嗎？」

「我在第一學期的時候，覺得你是個怪人。」

感覺我們好像是彼此彼此……但算了吧。

「是、是嗎？」

「嗯。可是現在——」

「現在怎樣？」

「還是當我沒說吧。」

如此說道的月森給了我一抹客氣的微笑。

＊＊＊

當天放學，我難得跟光惺一起回家。

當我們往結城學園前車站走去，光惺說了一聲「對了」，停下腳步。

「關於月森啊……」

「月森同學？」

「我勸你還是不要太幫她。」

光惺面無表情地說道。

「光惺，你知道月森同學有什麼問題嗎？」

「不，什麼都不知道——我會這麼說，是因為你又露出扛著難題的表情。」

「你人真好。一直有在留意我啊？」

「你好煩。」

隨後，我只把月森弟弟的問題告訴光惺。

說他選了結城學園，以及明明喜歡棒球，卻不打了——光惺靜靜地聽我說完，然後思索了一下。

「你之所以在意月森的弟弟，是在他身上看到自己的影子嗎？」

「或許吧……其實我們的狀況還是不一樣啦，但我就是沒辦法不管他。」

「你果然是個呆子。」

「突然罵人，太過分了吧……」

光惺往自己家的方向前進，同時——

「國中最後的那個罰球……」

想起某些事說道。

「嗯？」

「你還放在心上嗎？」

「…………」

「算了，無所謂啦。如果你要幫忙，這次記得要**搞定**啊。」

光惺說完，若無其事地離去。

我佇立在原地，有好一會兒都覺得很迷惘。

該幫這個忙，還是不該呢？

再繼續深入，或許只是雞婆。

而且我並沒有任何能夠圓滿成功的保證。

＊＊＊

當我回到家，晶早一步先回來了。

她已經換回居家服飾，躺在沙發上滑手機。

「我回來了。」

「回來啦，老哥～」

「妳跟陽向的讀書會還好嗎？」

「很好喔。你呢？」

「我……唉，果然還是有在意的事。」

「月森學姊的事？」

「對啊……」

我也去換了居家服，接著把月森當寫真女星的理由告訴晶。

「──這樣啊，好辛苦喔……」

「對啊，雖然她本人沒有這樣說。另外，她有看我們演《羅密歐與茱麗葉》喔。」

「咦？是喔？」

「然後家族旅行發生的事，是從建先生那裡聽來的。」

「所以她明明知情，這段時間都沒跟你說？」

「好像是。」

接著晶在沙發上坐正，並將手機放在桌上。

「她為什麼都不說呢？」

「畢竟也沒有說的必要，至於家族旅行那件事，要是我們知道她跟建先生有交集，她認為我們會發現她是山城美月吧？」

「她不想讓你知道她在當寫真女星嗎？」

「不只我，應該是不想在學校公開。她對星野同學這個朋友也說是短期工讀，沒說自己在跑寫真女星的通告。」

晶說了聲「這樣啊」，再度陷入沉思。

「妳怎麼了？」

「我在想，月森學姊真是個很厲害的人耶。她會念書，替夏樹他們著想決定打工，還要操持家務，對吧？然後還會存自己上大學的資金，她好厲害呢。」

「就是啊。」

但就是因為這樣——晶拋出轉折，繼續下一句話：

「反過來說，夏樹又是怎麼看待月森學姊呢？」

「哦，經妳這麼說……」

我聽月森說了她對夏樹的想法。

卻沒問過夏樹是怎麼看待姊姊的。

「說不定他看到姊姊這麼辛苦，覺得自己也要分擔。」

放棄棒球，專心學業。

他說不定會開始打工貼補家計，或是把錢用在自己的志願上。

但是這麼一來，就和月森希望他繼續打棒球的心願相反了。

說不定月森最根本的煩惱，是他們姊弟往不同的方向前進。

而我想要設法幫他們，卻因為這是別人的家務事，很猶豫該不該介入。

「欸，老哥。你很在意夏樹吧？」

「對啊……但這畢竟是別人的家務事……」

「也對，可是你想替他們做些什麼，因此陷入兩難了吧？」

「嗯……」

「既然這樣，老哥該做的事情不是很明顯嗎？」

晶咧嘴一笑。

「做什麼？」

「就是澈底介入夏樹的問題。就像你對我做的那樣，這次也好好幫他打氣吧！」

「像我對妳做的那樣……？」

「你很努力接納我這個沒有血緣關係的人，給了很多鼓勵和支持，才有今天的我。所以你不用因為這是別人的家務事就放棄吧？」

我覺得她說反了。

是我一直被她活力滿滿的模樣激勵。

即使是我這樣的人，也能幫上別人的忙——一想到這點，就會自然而然充滿幹勁。

所以自從和晶相遇的那天起，就一路受到她的支持。

不對，或許應該說我們是互相支持。雖然不像月森那樣。

「也就是說，重點不在於這是別人的家務事，而是要看我是不是想支持月森同學和夏樹嗎……」

「對，而且你會擔心夏樹，是因為跟你的過去有關吧？」

——她果然很聰明……

「我稍微問過陽向了。她說你國中的時候是很厲害的籃球選手。」

「…………」

「可是陽向不懂，你為什麼上高中沒有繼續打……」

「我會放棄籃球，是因為老爸的工作變得很忙，我覺得自己應該要料理家事。所以在幫助家人這一點上，我跟夏樹產生共鳴……」

「真的只有這樣？應該還有其他理由讓你放棄籃球吧？」

「…………」

我閉口不言了。

「如果你不想說，我不會逼問喔。」

「抱歉……」

「沒關係。不過如果你想要澈頭澈尾管這件事，我也會捨命陪君子喔！」

如此說道的晶咧嘴一笑。

——澈頭澈尾管這件事，是嗎……

仔細想想，和晶剛認識的時候，我好幾次主動接近態度冷淡的她。

因為就算會被她覺得煩，我還是想成為一個好家人，好到甚至把她的過去覆蓋掉。

自從放棄籃球後，我一直是平淡度日。

不會因為一件事情情緒激昂，是已經冷卻、沒有色彩的生活。

但晶和美由貴阿姨來了之後，我的生活瞬間煥然一新。

生活每天都多采多姿又光彩奪目，時間一眨眼就過去了。我現在就過著這種眼花撩亂卻開心的每一天。

——所以——

對夏樹來說，這可能是我的多管閒事。

但我還是不想讓他嚐到和過去的我一樣的心情。

「晶，抱歉了。還讓妳鼓勵我。現在下定決心了。」

「這麼說，老哥……！」

「對，晶，妳肯幫我一把嗎？」

「那當然！老哥，我會捨命陪君子喔！」

接著我和晶握緊彼此的手。

＊＊＊

隔天放學，我趁著和月森獨處的時候，對她說出煩惱一整個晚上想出來的提議。

「咦？你要教夏樹準備考試嗎？」

「但也只有文科啦。不行嗎？」

「也不是不行……真嶋同學，你的期末考呢？沒問題嗎？」

「這次勉強可以過關。畢竟數理有妳教我，文科範圍不大，所以沒問題。」

「這樣……」

月森一臉愧疚，不過在稍微煩惱之後，點頭答應了。

「反正夏樹也想跟你見面，可以麻煩你嗎？」

獲得允諾後，我又提出另一件事。

「還有，我想辦一場夏樹的引退賽……」

「引退賽？」

「要是他就這樣放棄棒球，我覺得會留下悔恨。若是可以，希望他是以暢快的心情進入結城學園。」

「真嶋同學……」

「月森同學，妳肯幫這個忙嗎？」

我笑著請求，月森瞬間熱淚盈眶。

＊＊＊

隔天放學，我和晶約好雙方讀書會結束後碰頭，然後前往月森家。

順帶一提，月森因為經紀公司有事，便和我們分頭行動。只有我和晶前往月森家。

當我按下月森家的門鈴，夏樹出來應門了。

「啊，真嶋大哥，還有姬野姊姊！」

「嗨，夏樹。」

「夏樹，你好。」

「謝謝你們特地來。請進！」

就這樣，在晶陪若葉玩的期間，我負責教夏樹念書。

目標是結城學園的學力特優生，免除所有學費。

隨後，時間來到夏樹即將面臨入學考的前一天——

「很好！感覺很不錯！」

「真的嗎！謝謝真嶋大哥！」

我拿結城學園的考古題給夏樹寫，所有科目他都能拿下九成以上的分數。

入學考試考五科。其中，文科無論是選擇題或是填充題，他都能順利回答。數理有月森教他，所以也萬無一失。

這麼一來，即使出現一點失誤也不會有問題。

「剩下就看明天會不會緊張了吧？」

「嗚嗚……好像開始緊張了……」

夏樹有些緊張的模樣讓人會心一笑，但我還是在心中替他加油。

「對了，真嶋大哥……」

「嗯？怎麼了？」

「你的手怎麼了……？」

夏樹憂心的視線前方，正緊盯我包著繃帶的手。

其實我最近拜託以前在高中打過棒球的爸爸陪我練習揮棒。

可是我握棒的方式不對，手掌很快就磨出水泡，然後破掉就變成這樣。

最後狀況愈來愈嚴重，我才開始包繃帶。看來也引起夏樹的注意了。

「這個嗎？有點事啦……」

「還好嗎？會不會痛？」

「哦，嗯……沒事啦。差不多要吃晚餐了，要下樓嗎？」

「好！」

＊＊＊

在來到一樓之前，就先聞到咖哩的香氣。

我們前往客廳，身上圍著圍裙的月森和晶正好準備好晚餐了。

「啊！老哥，你們來得正好！」

「我正想去叫你們。今天有小晶幫忙做了咖哩。」

「本大爺也有幫忙削紅蘿蔔和洋蔥的皮啊！」

若葉嘟嘴抱怨，晶則是摸摸她的頭安撫。

「若葉也很努力嘛～」

「欸嘿嘿……呃，晶哥！不要把我當成小孩子啦～！」

若葉嘴上這麼說，感覺卻沒有那麼厭惡。

「老哥，月森學姊把月森家的祕密配方告訴我了，下次在家做給你吃喔♪」

「哦，謝謝妳啦。」

「小晶學得很快，很厲害喔。」

「應該也只是學得快啦……」

「你說什麼——！」

晶氣噗噗地來到我面前。

月森和若葉見狀雙雙竊笑，夏樹則是苦笑。

才幾天時間，晶和月森的感情已經變得很好了。她們會和若葉三個人一起玩，一起做家事，簡直像是三姊妹。

這也可以歸功於個性開朗的若葉吧。

「真嶋大哥，晶哥真的很厲害喔！」

「嗯？哪裡厲害？」

「她不用菜刀和瓦斯爐就可以做出各種料理喔！」

這是該佩服的地方嗎……？

晶的懶人——算了，若葉都用閃亮亮的眼神看著晶，就不計較了。

「多虧有小晶，家事都順利做完了。」

「我沒有多厲害啦，月森學姊才厲害！」

「謝謝妳。」

晶和月森相視而笑。

——這種感覺真不錯。

當我沉浸在感動之中，夏樹拉住我的手。

「真嶋大哥，今天請跟我們一起吃完飯再回家吧！」

「咦，可是……」

「對，沒錯！晶哥要坐我旁邊喔！」

「啊，呃……」

「真嶋同學、小晶，請你們務必吃完再走。」

我和晶面面相覷，內心都覺得一陣酥癢。

＊＊＊

晶、月森和若葉三個人一起做的咖哩實在非常好吃。

自從以前在上田家吃咖哩後，我就沒吃過別人家的咖哩，而且這跟美由貴阿姨煮的咖哩味道又有些不同。

「這種韻味是什麼啊……優格？」

我拋出疑問，晶和月森互看一眼後，嘻嘻笑道：

「老哥，你猜錯嘍♪」

「真可惜。」

「猜錯了啊……那我就不曉得了。」

當我不解地扭頭，若葉隨即舉手說她知道。晶和月森馬上默契十足地「噓」了一聲，阻止若葉說出來，她急忙捂住自己的嘴。

「不然夏樹，你告訴我。」

「我也不知道……」

「是喔——對了，你會下廚嗎？」

我基於好奇心詢問，夏樹卻漲紅了臉。

「其實我不太會下廚……」

「真嶋同學，夏樹比較擅長做甜點。」

聽月森這麼說，我「哦～」的一聲，接受這個說詞。

「這個分數很高喔。」

「咦？什麼分數？」

夏樹可愛地歪頭詢問。

「沒有，我自言自語……」

該換個話題了。

「對了，夏樹，要不要來一場引退賽？」

「引退賽嗎？」

「對，但也不是多隆重的比賽啦，等你考完，要不要打個棒球散散心？」

「可是隊伍要怎麼辦？」

「我跟你一對一。你當投手，我當打者。覺得怎麼樣？」

說到這裡，若葉舉手發言：

「這裡這裡！本大爺也要打！」

「那若葉負責守備，跟夏樹一隊喔。」

「那本大爺要當二壘手！」

「就這麼定了──夏樹，你覺得怎樣？」

只見夏樹緊緊盯著我包繃帶的手。

「……原來如此，你的手是為了這個吧？」

看樣子夏樹發現了。

我都提到這件事，當然會穿幫。

「抱歉，剛才說假話蒙混過去。但我想看看你投球的模樣──我自己練習之後，就變成這樣了。」

很遜吧——我笑著攤開包繃帶的雙手，夏樹卻搖搖頭，接著思索了半晌。

他看起來是在猶豫要不要答應這件事。

夏樹喜歡棒球，所以希望他能答應。

明明決定放棄棒球，我卻打著引退賽的旗號，硬是把打棒球這件事推給他，他想必會很反感，然而無論如何都希望他答應。這時候——

「我來當捕手。」

月森突然開口。

我和晶沒料到會這樣，都感到有些訝異。

「咦？姊姊也要打？」

「反正我之前是壘球社的捕手，放心吧。由我來接你的球。」

「可是萬一受傷，寫真女星的工作就……」

「對我來說，重要的是你。所以不用顧慮我，全力投球吧。」

月森顯得非常堅定。

隨後，夏樹的眼神變得鏗鏘有力，彷彿終於下定決心。

「既然這樣……好吧，我接受這場比賽！」

——好啊！

「那比賽就選後天，入學考結束之後的星期日怎麼樣？」

「好！我很樂意！」

＊＊＊

吃完晚餐收拾碗盤後，我和晶在月森他們的目送之下離開月森家。

「話說回來，老哥，你一個人真的沒問題嗎？」

「嗯？妳是說我跟夏樹的比賽嗎？」

「嗯，我也有跟你一起練習，所以我在想，應該也能幫你……」

「好啦，這妳不用擔心。反正我只要揮棒打球，需要守備人手的反而是夏樹。」

當我隨口這麼說，晶聽了卻很傻眼。

「那也要你打得到吧？」

「嗯，是這樣沒錯，應該沒問題啦。俗話說得好，亂槍總能打到鳥。」

「真不知道你哪來的自信……唉～～」

晶非常傻眼，不過這麼一來，引退賽就準備就緒了。

接下來就替入學考試結束後的隔天——也就是星期日做準備吧——

「話說回來，老哥，你自己念書了嗎？」

「啊……」

嗯，這就……

1 JANUARY

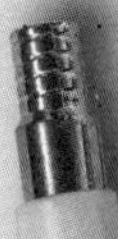

1月31日（一）

今天老哥把月森學姊當寫真女星的理由告訴我了。

她考量到自己的出路，還有弟弟們的處境，然後做家事，只顧著體貼旁人，頭腦又好，真的是個很厲害的人，好尊敬她。

所以我假設自己是月森學姊的妹妹，想了一遍。

如果跟夏樹一樣今年國三，看到這樣的姊姊，我應該也會覺得自己要像她一樣吧？

我會自己解決自己的事，然後也替家人思考。

會想到這些，然後忍耐不做想做的事吧。

當我茫然地想著這些，老哥好像想到了什麼好方法！

真不愧是老哥！

他這次說不定也會像幫助陽向那時候一樣，想辦法解決月森學姊和夏樹背負的重擔！

這次老哥拜託我的事情，還是跟上次一樣。

我們放學後前往月森學姊家，老哥負責教夏樹念書，我則是在這段時間陪若葉玩。

老哥會幫夏樹直到入學考結束！他好溫柔！

他說再來就等夏樹考上，成為特優生，這樣他的問題就解決了。同時也能解決月森的問題。

我能做的事。

我不像老哥那麼厲害，但應該還是幫得上月森學姊的忙。

另外就是，純粹想跟月森學姊變好！

第11話「其實我要替同班同學的弟弟舉辦引退賽了……」

今天是二月六日，星期日。

這天，我來到月森家附近的球場，準備和夏樹進行引退賽。

這裡是若葉加入的少棒隊使用的球場，月森替我得到使用許可了。

「老哥，請問現在的心情是？」

我坐在選手休息區，坐在身邊的晶這麼搭話。

「嗯～說實話，有點緊張。」

不過我的緊張並非來自和夏樹比賽這件事，而是比完之後的事。

我看向夏樹，他和若葉正在暖身。

月森發現我的視線，點頭致意。

不知道事情是否能順利，但只能上了。

「真嶋大哥，我們現在要進行投球練習，你要馬上開始比嗎？」

夏樹以平常那種柔和的語氣問道。

「這個嘛，那先讓我看看你投球的模樣吧。」

「我知道了。」

夏樹笑著和若葉一起踏進球場。

我看著他可愛的背影，晶卻小聲低喃：

「老哥，夏樹真的是王牌嗎？」

「嗯，對啊……」

雖然那副可愛的模樣令人難以想像——

——啪————！

明明是暖肩的第一球，球卻發出鑽入皮革手套的清脆聲響。

「唔咦咦咦～～～～……」

晶訝異地張大嘴巴。

後來每當夏樹再投出第二球、第三球，球場都會傳出響亮的聲音。

「好痛喔喔喔喔～～！小夏的球果然不能用一般手套接！」

若葉發出大叫，痛得甩手，夏樹則面露苦笑。

「老哥，那是不是不太妙……？」

「嗯，很不妙啊……」

不妙到連我們兩個外行人都看得出來。

但我們都知道夏樹還沒使出全力，得讓他更認真才行──

「真嶋同學……」

月森來到我們的休息區。

「怎麼了？」

「你真的沒問題嗎？」

「可以啦，我跟老爸練習過了，也去過打擊中心……總會有辦法啦。」

說是這麼說，我的心卻相當焦慮。之所以會這樣，是因為我在打擊中心練習的最高球速是一百一十公里──

──咻碰──────────！

……然而夏樹的球很明顯比一百一十公里還要快。

「小夏！拜託真的放水一下啦！」

「啊哈哈哈，抱歉抱歉，我沒忍住。」

夏樹笑著投球，但若葉的左手感覺快撐不住了。

「夏樹的直球，最快有一百二十五公里……」

「一百二十五公里！」

晶訝異地瞪大眼睛。

「老哥，這遊戲破不了關吧……？」

「不要說了。不然在比之前，我就快灰心喪志了……」

當夏樹做好準備，我們首先集合。

「欸，夏樹，為了讓比賽更刺激，要不要像玩氣墊球時那樣賭一把啊？」

我看準了時機說道。恐怕只能現在說了。

「要賭嗎？」

「對，現在這樣我和你是一對三。我只要打擊，你當投手，投到第七局。贏的人可以提出願望。」

「第七局嗎……」

夏樹稍微思索了一下。

「我最近都沒有練習，到第七局——」

「不然五局怎麼樣？」

「五局就沒問題。」

「太好了——那我先說出願望，如果我在這種不利的條件下打出全壘打，你要在結城學園繼續打棒球。」

「咦！這是什麼條件啊！」

「你們有三個打過棒球的人。而我，儘管有練習過，卻是個門外漢——要打出全壘打應該很難，可是假如有這種壓力會比較熱血吧？」

我看著驚訝的夏樹，以輕佻的口吻順勢追擊。

只見夏樹一臉為難地發出「嗯～」的聲音——

「好吧。就用這個條件比。」

最後咧嘴一笑。

——很好很好，他答應了……

不過他從口袋拿出髮圈，固定他的長髮——

「那……我就稍微拿出一點真本事嘍。」

我當下冒出雞皮疙瘩，一定不是因為冬天的寒意。

＊＊＊

月森和若葉就守備位置，夏樹也站上投手丘。

他的表情已經沒有平時隨和的模樣，而是極為認真。充滿壓迫感的氣息不斷刺痛著我。

「好，來吧！」

比賽開始。夏樹的第一球——

——咻～～……碰——————！

銳利地鑽進月森擺在面前的手套。

我嚥下一口唾液。

球投出之後，到進入手套的這段時間，發出切開空氣的聲音，很像導火線點火之後的聲音。而且近距離聽見球碰撞手套發出的聲響，也非常有魄力。

說來沒用，我覺得好可怕。

與其說完全錯過揮棒時機，更像是嚇得不敢出手。

「剛才這球是直球。」

月森這麼告訴我。

「ＯＫ……」

我完全束手無策，但總要出點策略，否則無法繼續。

——至少要揮棒，可是……

接下來第二球也是直球，我揮棒落空。而第三球同樣是直球，我依舊揮棒落空。

——根本看不到球！

沒想到夏樹的直球會如此快速。

「真嶋大哥，一出局～！」

「我知道啦……！」

夏樹呵呵笑著，之後再度恢復認真的表情。

我的第二個打席也是三振。第三個打席還是三振……

第一局就在轉眼間結束了。

我回到休息區，晶一臉擔心地來迎接。

「老哥，你還好嗎？」

「不好，很不妙。根本超出想像了……」

原本打算在第一局讓眼睛習慣球速，然後自始至終專注在尋找打擊時機。

可是我完全想像不出自己打擊出去的光景，反而要灰心喪志了。

說起來，今天的其中一個目的，是由我這個門外漢打中一球，讓夏樹嚐到悔恨的心情。

我抱著淡淡的期待，希望能因此成為他還想繼續打棒球的契機。

雖然不能改變志願學校，希望他至少可以在結城學園繼續打棒球。

為了達到這個目的，其實我做了很多準備。

首先，訂立這個作戰計畫後，我跟月森商量，請她把夏樹比賽的ＤＶＤ借我。

然後跟老爸一起觀賞，澈底分析。夏樹是什麼樣的投手、球種有哪些、決勝球是什麼，這些老爸都告訴我了，也努力陪我練習揮棒。

同時也去打擊中心，並利用閒暇時間揮棒。

但憑臨陣磨槍的水準，在打擊中心挑戰時速一百一十公里的球速，頂多只能打出滾地球或飛球。真正打到球芯的次數屈指可數。

——我這種程度居然還敢跟人家比輸贏啊……

對自己感到傻眼，同時看了看另一邊的休息區，只見月森以擔心的神情看著我。

我再度點頭，示意——沒問題。

「老哥，你最後那次有開始抓到時機了喔！再來就是調整揮棒的高度！」

「收到，那我接下來也稍微努力一下——」

就算是為了月森，或是為了替我加油的晶，以及陪我練習的老爸，我還是想稍微裝模作樣，但——情況嚴峻啊……

＊　＊　＊

來到第二局的第二個打席。

——就是現在……！

我抓準夏樹投直球的時機，揮出球棒。

隨後，雖然沒有發出「鏘」的清脆聲響，終於打到球了。

不過是界外。

我揮棒的時機晚了一點，被打中的球往前滾，就這麼滾過一壘旁。

——成、成功了，我打到了……

即便是界外，卻也感覺到自己已經抓住某種手感，於是看向夏樹。

面對這樣的情況，夏樹也藏不住心中的訝異，但很快就恢復原狀。

接下來是第二球。我澈底抓到時機——原本是這麼想，然而——

——唰！

結果揮棒落空。

不對啊，我的時機和高度應該都很完美。剛才是怎麼了？見我訝異不已，擔任捕手的月森把球回傳給夏樹的同時，對我這麼說：

「剛才那是夏樹的快速滑球。」

——這就是他的決勝球嗎……

快速滑球——是一種速度和直球相近的變化球。

在月森借我的ＤＶＤ當中，有好幾個人都拿這種球沒轍。

還以為是直球，卻在途中改變軌道。

——這下難辦了。原本已經看不清球了，現在還會轉彎……

最後第二局也只敲出一記界外，沒有好表現。

當我回到休息區，晶立刻跑來。

「老哥，讓我看看你的手！」

「哦……」

我放開球棒，發現血流得整個手掌都是。

破了幾個水泡，裡頭的皮膚已經變紅外露。

「這太嚴重了……」

「沒事啦。雖然刺刺的，但我習慣了。」

我對一臉憂心的晶露出笑容，其實內心已沒有餘力。

夏樹感覺還留有餘力。

說實話，我現在開始後悔當初應該要堅持叫他比七局。

可是就算撐到那時，也不保證能打到球。

果然只能在接下來的第三局想想辦法——

刺痛……

——啊……

「老哥，怎麼了？」

「咦？哦，沒有，我沒事……那我繼續下一局了——」

＊＊＊

當第三局開始，第二個打席結束時——

「呼……呼……呼……——唔嗚……！」

我有揮棒，但出棒時機根本太晚了。

「可惡……！」

我咬緊牙關，這個時候月森站了起來。

「真嶋同學，你的手肘……」

「咦……？」

「讓我看看你的手肘！」

「好痛……！」

月森抓住我的手，並掀開衣袖。

「真嶋同學，你的手肘……」

我一動手肘就會疼痛，仔細一看，手肘已經紅腫了。

「我沒事啦……」

「不行，你的手肘這樣，已經……」

「都說我沒事——」

「這才不是沒事！」

月森突然大叫，周遭所有人都嚇了一跳。

「……對不起。可是真嶋同學，要是你再繼續打下去——」

「月森同學，對不起。可是比賽還沒結束……」

「真嶋同學……」

「那小子……夏樹打算放棄自己的夢想。其實我根本不想把這場比賽當成引退賽。要是現在半途而廢，夏樹就真的……等於放棄了夢想啊！」

夏樹放棄了自己的志願。他放棄棒球這條路，也放棄了前進甲子園的夢想——所以我才不甘心。

都比到現在，我才因為手肘受傷而放棄，這實在很懊悔。

我是年紀比他大的人，所以必須貫徹永不放棄的態度。

如果不這麼做，就無法讓夏樹知道某些事——

「所以比賽還沒結束。」

「可是……！」

「還沒結束！」

如果人生中，有著必須堅持到底的場面，就算這是自以為是，我依舊認為那就是現在。

「真嶋大哥，你沒事吧！」

夏樹也來到我身邊了。

「沒事啦，這點小傷……」

「為什麼你要為了我，不惜做到這樣……」

「我以前也跟你一樣為了支持家人，放棄了籃球，所以我懂……如果你沒有放手走到最後一刻，你的心一定會記一輩子……不希望你變成我這樣。因為你的未來還很長……」

「就……就算這樣，我……！」

夏樹顯得很浮躁。大概是我管太多了吧。

「我知道。所以我也會像這樣亂來，然後贏你，絕對會贏——贏了之後，讓你在高中打棒球。如果你不想要這樣，接下來也別放水啊。」

夏樹咬緊牙關點了點頭，然後回到投手丘。

這時候，晶跑過來了。

「老哥，球棒借我。」

「為什麼？」

「接下來換我代打！」

晶把球棒從驚訝的我手中拿走。

「這是一種策略。你的手肘很痛吧？所以先休息，替第五局做準備。」

「可是如果這場比賽不是我上場……」

「這跟老哥平常說的話互相矛盾。」

「咦……？」

「我們是一家人，所以可以依賴對方，也可以撒嬌──你的想法無論在什麼時候，都是這樣吧？所以愈是艱辛，就愈該依靠我啊！」

「晶……」

「老爸也有教我，我還跟你一起練習耶。所以我能加油！」

──這樣啊，說得也是……

「那晶……可以拜託妳嗎？」

「當然可以！雖然這不是要還上次氣墊球的帳，不過這次一定要讓他們見識我們兄妹的牽絆！」

如此說道的晶和我互碰拳頭。

＊＊＊

「先聲明，現在的我是認真的。」

晶一站上打擊區，夏樹便這麼說，並用腳整理投手丘的土，以認真的眼神看著晶。

「就算對手是姬野姊姊，我也完全不打算放水。」

「正合我意！我也不會對你手下留情喔！」

如此說道的晶對著左邊看台高舉球棒。

——預告全壘打？不對不對，她是在挑釁對方嗎！

我在休息區見狀，整個啞口無言。

「……好啊。那我要投了！」

夏樹的氛圍改變了。

氣氛變得比剛才還要沉重，連旁觀的我都開始緊張。

夏樹擺出投球姿勢，投出第一球——好球。

接著是第二球——好球。

「……呃，晶，妳為什麼不揮棒！」

晶只是看著球飛進捕手手套的瞬間。

當我覺得大勢已去時，第三球——

鏘……滾滾滾……

「安、安全觸擊……！」

沒想到晶突然改變姿勢，變成短打。球順利往三壘方向滾去。

晶一步一步往一壘跑去，但球被若葉撿起，然後傳球給移動到一壘的夏樹——出局。

「姬野姊姊，這招可行不通喔。」

「嗯，我只是想試試看。」

夏樹聽了，顯得有些不悅。

不過這麼一來，這一局就三人出局結束了。

晶一步一步回到休息區。

「短打果然行不通啊……」

「拜託，用想的也知道不行。為什麼用短打啊……再說了，這樣感覺好卑鄙。都預告全壘打了，卻變成安全觸擊……」

這時候，晶不懷好意地笑了。

「開玩笑的啦♪你不覺得成功短打是一大收穫嗎？」

「咦？」

「就算不揮棒，把球棒擺在那裡，球就會自己打到球棒耶。」

「妳該不會打算第四局也都用短打吧？」

「沒有啊。反正你等著看吧。」

不知道晶在想些什麼，她只是咧嘴一笑，再度拿著球棒站上打擊區。

——球會自己打到棒子……換句話說……我還是想不通。

＊＊＊

「呼～～……好！」

我大大深呼吸後，站上打擊區。

剛才的挑撥，應該讓夏樹生氣了。

第一個打席——完全不行。

直球、直球、直球——一下子就被三振了。

我知道揮棒時機，也看得見球，卻打不到。

與其說是揮棒慢了，更像是被球棒帶著走，它拉扯我的手。這是沒有確實揮棒的證據。

幸好有先問老爸，這種時候應該怎麼辦——

『——球棒很重？既然這樣——』

——老爸，我這就試試看喔！

——鏘——！

太好了……球棒碰到球了！

雖然球飛到後面的柵欄，是界外，可是夏樹卻一臉訝異！

我照著老爸說的，握短棒。這麼一來，手到球棒前端的長度就會縮短，揮棒的幅度也會縮小。

同時，球棒也會比較容易打到球——

「這招說不定有用！」

當我如此說道——

「妳用這種握棒方式，沒辦法打出全壘打。」

月森學姊這麼說道。

「雖然比較容易打到球，卻很難有力道。」

「月森學姊，謝謝妳的忠告。但我要用這招拚——」

下一球也是——界外。

球在地上滾動，最後從場內大大滾出場外。

不過有手感！

「對了，小晶，妳對真嶋同學有什麼想法？」

「咦？」

就在我轉移注意力時，夏樹的直球飛進手套，我被三振了……

「呃……剛才那是什麼問題？」

「我只是想問問看——妳喜歡他嗎？」

「咦咦！」

——碰——！

又趁我轉移注意力的時候，投了一個好球。

「月森學姊，妳太卑鄙了！」

「怎麼這麼說？我只問妳身為妹妹，是不是喜歡這個哥哥啊。」

「嗚嗚……可是……——妳這樣犯規！」

我對偏高的直球出手，結果擦棒。界外。

「真嶋同學溫柔又可靠，如果和他一起相處，說不定會以異性的眼光喜歡上他。」

「這種事……——我知道！」

擦棒球，又是界外。

「因為我待在最近的地方一直看著他！」

「是喔……」

「月森學姊才是……妳又怎麼想呢！」

——界外。

「妳的心是不是已經被老哥奪走了？」

「不行嗎？」

「不行……我又沒這麼說！」

——又是界外。

「老哥很棒。所以哪天有人喜歡上他，一點也不奇怪。」

「是啊……或許是吧。」

「可是我對老哥的心意……不會輸給任何人！」

——又是界外……

「唔……」

我的手腕開始痛了，於是甩了甩手。

可能是因為握短棒的關係，加重了手腕的負擔。

但沒有老哥那麼痛。

就算手肘受傷，他還是很努力。所以——

「——這次輪到我努力了！」

鏘——！

我也不想屈服……不對，我不會屈服！這是為了老哥！

『簡單來說，就是我想跟你變成感情很好的家人。』

孟德爾定律毫無親情可言——

『不是「打擾了」，下次開始說「我回來了」就行了——因為這不是打擾。』

所以──

『我是晶的老哥！』

這次──

『可是晶的幸福，光憑我一人……光憑我的家人是無法實現的。沒有人可以代替她想要的東西……』

由我──

『我想一直當妳的哥哥。』

為了──

『所以晶，我也會改變。為了妳改變。』

為了老哥──

『總之，我覺得我這個當哥哥的很沒用，可是妳來我家之後，我現在非常幸福。真的幸福到想跟所有人炫耀──』

我現在必須堅持到底！

雖然沒有血緣關係，但如果要比心心相印的程度，我們一定比較強！

所以、所以……這次我一定要讓他們見識到，我們兩個人的牽絆有多強！

＊＊＊

我在休息區看著晶纏鬥。

現在已經連續六球界外了。

她在這段時間似乎一直喃喃唸著什麼，但從這裡聽不見。

——是用嘴巴測量時機嗎？

晶是個澈頭澈尾的電玩玩家，動態視力和節奏感都比我還好。所以剩下的問題，就是時機了。

然而她都只是碰到球。

晶從剛才開始，球棒都只是碰到球，可說是被夏樹壓著打。

握短棒是比較容易打到球，可是力道出不來。

晶的力氣本來就比較小，一握短棒，就更突顯這點。球每次都是碰到球棒，然後飛向後方的柵欄。

夏樹全力投球，這是第八球，然後第九球。

晶始終打成界外，不斷纏鬥。可是——

「唔嗚……」

晶又甩了甩手，感覺好像很痛。

因為握短棒，使手腕的負擔變得更大了吧。

「妳黏得很緊耶。」

「因為我也不想輸啊！」

夏樹和晶認真地瞪著彼此。

夏樹的第十球與第十一球——都是壞球。

——咦？難道……夏樹的控球開始不穩了？

仔細一看，夏樹的表情很僵硬。與其說是認真，感覺更像有些焦躁。

晶不懷好意地笑了。

當下總算明白晶的用意了。

——那傢伙是為了讓夏樹疲累，才故意……！

一開始先用短打挑釁，讓夏樹澈底拿出真本事投球。

為了不讓連續投球的他有時間休息，晶打算讓他累積球數，就這樣拖到第五局。

換句話說——

晶打從一開始，就不打算把球打出去。

她想讓我在第五局一決勝負。

第十二球是界外。接著第十三球——壞球。

這麼一來就是兩好三壞，滿球數——夏樹的表情又更僵硬了。晶的策略完全奏效。

「夏樹，這裡！」

月森突然大叫一聲，並把手套擺在正中央。

彷彿是在告訴他：「一決勝負吧。」

「姊姊……」

「快解決她！不能示弱！」

夏樹點頭後，擺好姿勢。

然後投出第十四球——

「唔嗚……！」

晶揮棒，但是沒碰到球，是一記好球。

第四局結束，晶回到休息區。

「呼咿……果然很吃力～～……」

「不，妳很厲害了，居然能緊黏著不放。」

「其實我還想繼續咬著不放，讓夏樹更累的……」

「所以妳真的是為了讓我在最後一局打出去，設了這個局嗎？」

「嗯，這都是為了交棒給你。我的力氣不大打不出去，可是如果是你一定可以。老哥，我們兄妹的感情一定比較好，你去證明這一點吧……」

「晶……」

「欸嘿嘿嘿……我有稍微幫到你的忙嗎？」

「當然有，絕對不會讓妳的努力白費！」

「那接下來的最後一局──老哥，讓我們抓住勝利吧！」

「好！」

我的手肘不能說沒事，不過已經冰敷過，還算撐得住。

但這樣想必還不能說是旗鼓相當，可是多虧有晶，我看見一線希望了。

──就算是為了晶，這次我一定要打出去！

有晶在後面推一把，我就這樣站上最後一局的打擊區。

2 FEBRUARY

2月6日（日）

今天是夏樹的引退賽！

老哥和夏樹一對一決勝負的日子。

夏樹投的球真的很快，只能用不妙來形容！

老哥有向老爸討教棒球，可是說實話，我覺得那種球根本打不出去，真的很不妙！

可是可是，老哥練習揮棒都會練到很晚，還會去打擊中心練習，我都看在眼裡。老哥一直是這麼努力，所以老哥說不定會有辦法！

後來引退賽開始，老哥陷入苦戰。

我在休息區幫他加油，也想幫上老哥一點忙，因此一直在測量夏樹投球之後，到進入捕手手套的時間點。

我覺得，我說不定會代替老哥上陣。

畢竟老哥一直勉強自己，手掌的皮膚都破破爛爛了。

結果後來根本顧不得這些了！

也沒有發現老哥的手肘不對勁，沒想到居然紅成那樣！

我再也看不下去了。所以半路跳出來代替他，上場打擊。

可是我打不到球。於是執行自己的策略，盡可能拖延我跟夏樹的勝負，替老哥製造休息時間，同時消耗夏樹的體力。

幸好有跟老哥一起接受老爸的指導。

為了最後一局，我也稍微幫到老哥了，我覺得……好開心。

老哥似乎原本打算一個人決勝負，但這麼一來，就是我跟他兩個人了。

真嶋家VS月森家的結果是……

第12話「其實……我覺得這個時候就要展現男人的骨氣……」

光惺結束打工後來到球場，遠遠望著涼太痛苦揮棒的模樣。

他是問過陽向，才知道這個地方。

陽向則是從晶那邊聽說了他們的打算。

光惺有些在意，所以才來看，就這樣盯著痛苦咬牙的涼太。

——看樣子是不行了。

以門外漢的角度來看，也知道那是門外漢跟行家的勝負。

光惺更看出涼太的右手肘已經負傷。

他不知道現在是第幾局，但看著涼太根本太晚揮棒而落空的模樣，傻眼以及放棄兩種情緒同時湧現心頭。

不過身為涼太的朋友，還是抱有某種期待。

那傢伙說不定會有什麼作為——當光惺抱著這樣的期待，望著比賽走向時——

「——嗨，這位同學。」

突然有個像混混的男人走來跟他說話。

「幹嘛？」

「你是上田光惺吧？」

「咦？你怎麼認識我？」

「我從你當童星時就認識你了。你跟妹妹一起被亞美他們公司挖角了吧？」

「難道你是富士製作A的關係人士……？」

混混男看向球場。

「嗯，該說是相關人士嗎——你看，我是那邊那個姬野晶的老爸啦。我叫姬野建。」

光惺也認得這個名字。

是他當童星時，擔任某個舞台劇主角的人。

他還記得。大家好像都叫他「燿星」。是每個人景仰的演員。

「話說回來，那個小夥子還真努力啊。現在是第五局，居然就累癱成那樣。」

「因為那傢伙是呆子……」

「的確是呆子——可是啊，面對這種呆子，你還期待什麼？」

「我才沒有……」

「是喔。那樣跟我賭一把嗎？賭那個小夥子能不能打到那個投手的球。」

「賭一把？」

建露出頑皮的笑容。

「要是我輸了，你想要什麼我都會給你。然後如果我贏了──你就回來演戲。」

「啥？」

「我知道你當童星的時期，就是那個人人吹捧是天才童星的時期。所以還想看看上田光惺再次站上舞台活躍的模樣。」

「姬野先生，你為什麼對我如此……」

「因為你骨子裡就是個演員。看眼神就知道了。你還有一把火悶在心裡吧？」

光惺握緊拳頭。

「……辦不到啦。我已經沒辦法再……」

「明明妹妹都先往前了，你也沒辦法？她要參加富士製作A的下一場甄選會吧？」

他說得沒錯。

陽向自己決定要當演員。她決定不再依賴哥哥，要一個人獨立自主。

所以就算和陽向分離，也不要緊了。

光惺身為哥哥，已經決定從陽向面前消失。

因此他才會上了高中後開始打工，好好存錢，準備離開家裡。

其中有著他身為哥哥的矜持，不想再繼續造成妹妹的負擔。

「我和我妹沒有任何關係。」

「沒錯。你和你妹已經無關了。你必須走自己的路。你真正想做的事情是什麼？難道不是當演員嗎？」

「…………」

建再度露出那抹頑皮的笑容。

「我隨口說說的啦。好，我們再聊下去，比賽就要結束了。來賭一把吧？」

「……可以啊。那我賭涼太打不出去。」

「行。那我賭那個小夥子會打出去。」

「你為什麼這麼看好涼太？」

「因為他是晶的老哥啊。」

建輕笑道。

「不過到底是為什麼呢？我老是會對那小子產生期待——那你呢？我看你其實也很期待吧？」

「……比賽要開始了喔。」

光惺和建都看著前方，只見涼太拿著球棒，站上打擊區。

——巧的是，這就是最後一輪，第五局的第三個打席。

＊＊＊

這一局就是最後了啊——一有這個想法，我就覺得無比緊張。

感覺就像國中時代面對最後那球罰球之前。

就像那個無論如何都必須得分的場面。

有種刺人的壓力占據全身上下的感覺。

「老哥……——」

我看了一眼休息區，晶都已經累垮了，還是拚命地叫出聲音，但她的聲音沙啞，傳不到我的耳裡。

不過她最後笑著伸直拳頭，所以大概知道她想說什麼。

我也舉起拳頭對著晶，表示「包在我身上」。

逼自己忘記手肘的痛楚——現在是身為哥哥，要堅持到最後的場面。

無論如何都要回應交棒給我的晶。

——不對，我一定會做到！

「真嶋同學，你真的沒問題嗎？」

也讓月森操心了，我點了點頭。

「我想機會只有現在。所以拜託妳，不管發生什麼事都不要阻止我。」

「……好吧。」

最後一局開始。

夏樹的第一球——

「唔嗚……！」

我用盡全力揮棒，但手肘發出疼痛，我揮棒的時機完全晚了。

接下來的第二球，也使出全力揮棒。

手肘的痛楚已經愈來愈難忍了。

月森不再多說什麼，只是默默接球。她說不定死心了，畢竟說什麼都沒用。

最後來到兩人出局，兩好球的局面——

——鏘————！

我把球打出去了。

球往左外野方向飛過去，但後來飛出左側，是顆界外球。

不過這應該是一次很好的打擊。

夏樹一直連續投球，已經顯得很疲憊，球速與剛開始相比，已經慢了一點。

下一顆是直球。

球擦過球棒，撞上後方的柵欄，界外。

接下來也是，雖然往三壘方向飛去，最後依舊是界外。

我咬緊了牙關。

就算是為了夏樹，也為了月森——還有縱使累癱了，仍然替我製造機會的晶……下一球也絕對要打中！

「夏樹，全力投過來吧！」

「好，我會全力以赴！」

夏樹高舉雙臂。

然後——

——鏘————————！

我全力揮棒，門外漢的由下往上撈打。
雖然時機慢了，卻有手感。
手肘傳出痛楚的同時，我的手也一陣酥麻。
球打向空中，往右外野飛去。

「老哥，快跑——！」

突然聽見晶大叫的聲音，這才回過神來，開始衝刺。
球在越過柵欄前就落下了——但我還有機會拿到場內全壘打！
「若葉——！」
「包在本大爺身上——！」
守二壘的若葉跑去追球了。
我在這段時間，踩過一壘壘包往二壘前進。
夏樹在二壘附近等著球傳過來，但若葉還沒追到球。
我就這樣踩過二壘壘包，轉向三壘。

這時候，若葉終於追到了球。

夏樹對她揮手，做好中繼回傳的準備。

「小夏——————！」

當若葉對著夏樹丟出手中的球，我已經踩上三壘壘包。

儘管因為衝刺力道而偏離跑道，我還是筆直往本壘飛奔而去。

「姊姊！」

夏樹丟出的球，往月森那裡飛去。

——要趕上啊——！

我擠出最後的力氣。

我不會滑壘，也不會撲壘。

所以只能不斷衝刺，踩到本壘板。

距離本壘板還有一點點，只剩一步……——

「真嶋同學，對不起——」

——啪！

「——啊……」

我踩上本壘板。

但在那之前，肩膀就被碰到了。

當我察覺是月森碰到我的肩膀，我的腳就已經緩緩停下。

觸殺出局。

「呼！呼！呼……唉～～～…………——」

我調整呼吸，最後深深嘆了口氣。

——失敗了嗎……

一開始就料到這種結果了，果然還是比不過人家。

但很神奇的是，我並不覺得懊悔。別說懊悔了，之所以能自然露出笑容，是因為最後月森並沒有放水。

不知道這是她當捕手的習性，還是身為一個姊姊，不想白費妹妹弟弟接力傳來的球呢？無論如何，能在其中看見手足之間的情誼，所以很高興。

「老哥——！」

晶跑來我身邊。

「老哥，你好厲害！很努力耶！老哥好棒！」

「沒有啦，都觸殺出局了……」

「可是還是好厲害！你打出去了，也跑壘了！」

「這是因為妳第四局幫了我一把啊……」

看到晶抓著我哭泣，我從頭到尾都是驚慌失措。這時月森三姊弟妹都來到我們身邊。

「對不起，我觸殺你了……」

月森愧疚地低頭。

「沒關係啦。這樣就好了。」

看到我笑著回答，月森忍住想哭的情緒，努力擠出笑容。

當月森一句話都說不出來，若葉站到我的面前。

「真嶋大哥，最後那球好可惜喔。要是本大爺失誤，你就可以場內全壘打了。」

「那妳可以手下留情啊。」

「哼哼～手下不留情，使出全力是本大爺的作風♪」

若葉說完，咧嘴一笑。

最後——

「真嶋大哥。」

「夏樹……」

夏樹對我低頭鞠躬。

「這真的是一場好比賽，謝謝你！」

「對不起啊，我實力不夠……」

「不……你都努力到手肘傷成這樣了。我對你只有感謝。」

「雖然我根本無力抗衡啦。」

「不，沒有這回事！我清楚感受到你的心思了。還有姬野姊姊，也很感謝妳。」

「不客氣，你真的很厲害喔……」

話雖如此，比賽是我們輸了。

我無奈地露出苦笑。

「夏樹，最後可以告訴我一件事嗎？」

「什麼事？」

「你放棄棒球真正的理由——是姊姊嗎？」

夏樹不發一語地點頭。

「我覺得姊姊是個很了不起的人。她會照顧我們弟妹，為了她自己和家人，一邊念書一邊工作……」

「夏樹……」

月森叫了他的名字，他卻尷尬地別開視線。

「等我上了高中，也想像姊姊這樣，為了家人做點什麼。我現在還是喜歡棒球。可是已經打夠了——」

當下，月森溫柔地摟住夏樹。

「那你就繼續打吧。」

「可是我又沒有才華——」

「喜歡也是一種才華。繼續打棒球的理由，有這一點就夠了。」

「可是……我想變得跟姊姊一樣……」

「我只是做自己喜歡的事。其實我很自私。無論是和你們一起生活，還是現在的工作、課業，全都是喜歡才做的——」

「妳才不自私！妳只是用這種說法，一直在犧牲自己吧！」

夏樹發出怒吼。

「犧牲……？」

我和晶都沒說過這種話。

因為要是這麼看待月森，她一定會很傷心。

「我不想再犧牲姊姊了！妳其實也有自己想做的事吧！妳難道不是悉數放棄之後，逼現在的自己接受現狀嗎……！」

月森聽完，露出一抹溫柔的笑容。

「我真正想做的事情，就是跟爸爸媽媽一起支持夏樹你們。」

「姊姊……」

「不對，不該這麼說。正因為你們全力努力挑戰自己喜歡的事物，我才能跟著努力。所以說實話，依靠著你們的人，是我才對……」

這時候，若葉握住夏樹的手。

「本大爺會打棒球，是因為覺得小夏很帥喔。」

「若葉……」

「可是為什麼你不繼續打了？如果你不打棒球，那本大爺乾脆也不打好了……」

如此說道的若葉也伸出手，環抱住月森和夏樹。

「我和若葉會像這樣，看著你努力的身影。」

「就是啊。希望小夏可以繼續打棒球……」

若葉的眼淚漸漸流出。

「欸，夏樹……」

「真嶋大哥……」

「我最後能打到球，都是多虧晶。因為有她的支持，我在最後關頭才能成功揮棒。憑我一個人一定做不到……」

我和晶相視而笑。

「我們只當了半年的兄妹，卻可以放心把自己交給對方。當我們都替對方著想，無論是支持對方，還是依靠對方……都不會計較。這是我最近的想法。」

晶也附和一句「對啊」，並咧嘴一笑。

夏樹則是雙肩顫抖。

「夏樹，拜託。你真正想做的事情是什麼？告訴我們吧。」

月森溫柔地開口引導，夏樹的眼裡這才開始湧出淚水。

「我……我想……繼續打棒球……想打棒球……想去甲子園……」

月森聽了，點頭發出「嗯」一聲。

「你就繼續吧。我會支持你，所以你在結城學園努力打進甲子園吧——」

「對不……謝謝姊姊……對不起，姊姊、若葉……謝謝妳們……對不起……」

結果圓滿就好了吧。

後來夏樹以哭腫的眼睛，清楚地向我們宣布——

「我要進結城學園的棒球社，然後絕對要打進甲子園！」

——就是這樣。

順帶一提，我們真嶋兄妹輸了這場勝負和賭局，但夏樹——

「請你們今後也跟我們兄弟姊妹好好相處。」

許了這個願望。

我和晶再度互看彼此，然後大大地點頭說：「嗯！」

＊　＊　＊

「看來是分出勝負了。我贏了。」

建如此說道，光惺不服氣地抓了抓金髮。

「明明就被觸殺了啊。」

「不對，我們賭的是那個小夥子會不會打出去。他打出去了啊。」

光惺低聲咂嘴，發出「嘖」的聲音，但立刻浮現一抹笑容。

「那個呆子，我明明叫他下次一定要搞定啊……」

「他搞定了啊。看那個投手的態度，好像會繼續打棒球喔。那麼這就是真嶋式的再見全壘打。」

「再見全壘打啊……」

「所以啦，賭局是我贏了。」

建說完，從口袋裡拿出一張名片。

「這是我們經紀公司的聯絡方式。」

「咦？剛才不是要我接受富士製作A的挖角……而且這裡……」

「啊？你想說我們公司是破公司嗎？」

「我沒有。」

「……的確是很破啦。」

建咧嘴一笑，光惺則是無奈地嘆了口氣。

「不過如果你肯來，那就是萬萬歲了，稍微考慮一下吧。如果要回來當演員，不管要去富士製作A還是我們公司，其實都無所謂。」

「姬野先生，你為什麼要替我這麼……」

「因為你放任那把火在體內燻著自己啊。跟那個小夥子一樣……不對，真嶋已經不會被燻到了。」

說完這句話，建揮手致意，就這麼離開了。

光惺覺得他的最後一句話是在挑釁。而且還是非常廉價的挑釁方式。

涼太已經往前走了。晶還有自己的妹妹陽向也是，大家都往前了。

反觀自己，發現自己的心中確實有一股對演員的熱情在悶燒。

「無聊……」

如此說道的光惺把建遞給他的名片放進口袋，然後走上與回家相反的道路。

＊＊＊

「嗚哇……好痛啊啊……」

我們與月森他們在球場分開後，晶陪我走在前往醫院的路上。

「老哥，你真的太亂來了啦……」

「啊哈哈哈，偶爾也要亂來一下啊。」

「你要思考不亂來也行的辦法！」

「您說得是……」

我面帶苦笑走著，晶突然抓住我的左手。

她順勢挽著我的手走，感覺喜形於色。

「欸，老哥……」

「幹嘛？」

「你為什麼總要這麼死不放棄呢？」

「嗯……個性使然？」

「你平常明明是優柔寡斷。」

「妳很煩耶……」

我露出苦笑。

「對了，你現在可以告訴我嗎？」

「什麼？」

「不打籃球的另一個理由……」

「另一個理由啊……」
晶這麼說，我才試著回想國中時期的自己。
本來很猶豫該不該說，但還是希望晶能知道這件事。

＊＊＊

我放棄籃球的其中一個理由，是想支持工作忙碌的老爸。
而另一個理由，是在國中最後一場比賽，罰球沒進時——
「第二球！」
我從裁判手上接過第二顆罰球，接著在地板上運了幾次球。
大大地深呼吸，然後屏息，把球舉到額頭高度。
可是，在那一瞬間——
「唔——！」

背板後方——也就是位於正面的觀眾映入我的眼簾。

我的心跳開始劇烈跳動。

因為那個女人——拋棄我的母親就在那裡。

在投籃的瞬間，和那個女人四目相交了。

我雖然告訴自己「不行，不要看，別去意識」，內心卻已經嚴重動搖……

當球脫離手指，我就知道了。

這一記投籃一定不會進……——

＊＊＊

「——想當然耳，最後那球沒進。結果我們輸了比賽，之後就引退了。」

「所以你因為打擊太大……」

「畢竟投偏的理由是那個啊……」

我嘆了口氣。

「我因為那點小事就心生動搖，這才切身體會到，自己到頭來只是這種程度的選手。就算以後繼續打下去，或許會因為那女人的影子而一直受苦。要是以後罰球時，那個女人都會出現……一想到這裡，就覺得打籃球很可怕……這就是我放棄籃球的另一個理由。」

我這麼說的同時，也覺得自己實在很遜。就連說出這些話的瞬間都覺得呼吸困難，心跳也不斷加速。

我依舊憎恨那個女人。

既然如此，我更應該在關鍵時刻展現不服輸的決心，但我卻退縮了。

要說害怕什麼，那就是產生期待。

該憎恨的對象還是把我當成兒子。

而且趕到比賽會場來替我加油。

一想到這些，我不禁覺得自己心中依然留有對母親的期待，這讓我感到無比恐懼。

彷彿自己還認那個女人為母親——

彷彿自己期待著這段血緣關係——

「我果然很遜吧……」

「不會，你才不遜喔。那種情況也難怪你會心生動搖啊……」

「真是這樣就好……但我好像還跨越不了這個障礙。雖然知道總有一天必須跨越啦。」

我悵然若失地笑道，晶卻緊緊抓住我的手。

「如果是老哥，那用不著擔心。你一定可以跨越過去！而且有我陪著啊！」

「晶，謝謝。妳真是可靠啊。」

有晶陪在我身邊，真的是太好了。

她總會帶著我發現心連心比血緣關係更重要的道理。

今天的引退賽固然輸給月森姊弟妹，但對我來說，卻再次證實我們兄妹心心相印，我覺得這個結果很好。

雖然最後還看見月森姊弟妹之間心連心就是了——

「——不過，夏樹能繼續打棒球，真是太好了。」

「嗯。今天的引退賽讓他重新開始，真是太好了。」

我因為一個窩囊的理由，放棄打籃球。要說不後悔，那是騙人的。

可是夏樹今後也能盡全力打棒球。

他有月森和若葉在背後支持，一定能在結城學園努力打棒球。

「說實話，看到他們不只有血緣關係，甚至彼此心連心，我覺得好羨慕也好不甘心……

可是或許從現在開始，才是我們真正的戰鬥吧？」

「什麼意思？」

「意思就是我希望真嶋家也能變成不輸他們，而且令人欽羨的一家人。」

「這樣啊！說得也是！」

經過這次的事，我再次明白重要的是心連心。

血緣關係只能放棄。

反正往後只要讓彼此的心連得更緊密就好了。

晶似乎也感同身受，她握緊拳頭激勵自己。

「那我從今天起，會努力照顧老哥的生活起居喔！」

「不必了──嘿咻！」

「嗚哇！等……老哥！」

我硬是把晶揹在背上。

「老哥，手肘！你的右手肘有傷……！」

「揹個人而已，沒事啦。別說我，妳今天也很累吧？」

「可是……」

「好啦──反正我現在就是想揹妳。」

於是晶停止反抗，把她的額頭靠在我的後腦杓。

「什麼啦……笨蛋，就愛勉強自己……」

「我當然會勉強自己啊。只要是為了妳——抱歉啦，妳哥就是個笨蛋。」

「……沒關係，我最喜歡你這種個性了。可是你不能為了我，老是勉強自己喔。我真的是每次都很擔心……」

我露出一抹苦笑。

「對了，上次我們去游泳池……」

「嗯？游泳池？」

「我好像有點明白為什麼涼香不肯離開你的背了……」

我說了一句「是喔」，回想起涼香。

當時揹她的感覺，果然和現在不一樣。我揹著晶的時候，不知為何，只覺得很放心。

當時那不可思議的感覺——算了，還是別追究了吧。

我們彼此都不講話，就這麼走了一段路，晶便在我的背上睡著了。

2 FEBRUARY

2月6日（日）

老哥真的很努力了～！我都要哭了……！

該從哪裡寫起呢？搞不懂了。

夏樹真的是個很厲害的投手。

老哥都不知道能不能打到球，還是一直揮棒，努力對抗。

老哥打到最後一球然後拚命跑壘，雖然最後還是被觸殺，但能打到球還是很厲害。

夏樹最後被月森學姊和若葉說服，決定在結城學園打棒球。以各方面來說，真的是太好了……！

我覺得老哥的努力和心意，都傳達給夏樹了。

後來我們在前往醫院的路上，聽了老哥國中時期的事。

說實話，我不知道老哥的媽媽在想什麼。

可是我猜，她是想親眼看見老哥活躍的模樣吧。

老哥說他現在還是恨著母親，可是我沒見過對方，所以也不知道該怎麼判斷。如果見到面，會有什麼改變嗎？

不過我有確實告訴老哥。

他不是一個人，我會陪著他。

如果老哥扛著難受的心情，我會陪他一起跨越過去！

總之，在老哥的右手肘痊癒之前，我會好好照顧他，也會讓我們的心更加緊密！

所以首先從洗澡開始……

……咦？老哥，你為什麼要拒絕？

最終話「其實我和繼妹她們一起度過情人節前一天……」

今天是二月十三日，星期日。

這天，陽向、晶和我來到月森家。畢竟明天就是情人節，陽向要帶大家做手工巧克力。

「然後把削好的巧克力放到鍋子裡隔水加熱——」

不愧是陽向，手真巧。此外，夏樹也讓我們見識到他的好手藝。對了，之前月森說夏樹很會做甜點……嗯？夏樹，你要送給誰啊？

我超在意的，不過關於夏樹的難題——

昨天學校放榜了。

夏樹順利錄取結城學園，同時也漂亮地拿到學力特優生資格。

他在回家前，被棒球社的顧問老師叫住，結果決定下週開始和高中生一起練習。

因為這件事，夏樹現在的表情已經毫無陰霾。

「老哥，可以幫我扶一下嗎？」

「好啊。」

當晶替巧克力隔水加熱，我則是用左手扶著攪拌盆的邊緣。

我的右手肘要花一個月才能痊癒。要是再嚴重一點，就要開刀治療了。幸好勉強在不用動手術就能治癒的範圍內。

我吃了止痛藥，就這樣過了一星期，也算是習慣手受傷的生活了。

只不過，為了儘早痊癒，我把使用右手的機會控制在最小限度——這時候，晶的身體從右側慢慢挪到我的前方。

隨後她小小的身體完全擠進我的胸膛前。

她壓低聲音——

「這是我們第一次共同合作耶。」

輕聲說出這句話。我看著周遭，心臟瞬間漏了一拍——

「拜託，之前我們打工也一起做過吧？一起包裝產品。」

如此說道，好模糊焦點。

「老哥，你知道什麼是浪漫（Romance）嗎？」

「栗子嗎？」

「我都說了，那是法文Marron啦！」

當我們進行著這般愚蠢的對話，若葉把融化成液體的巧克力撒得到處都是。

「若葉，妳真是的——」

月森來到若葉身後，將桌面擦乾淨。她的模樣充滿母性光輝，看起來也像一對母女。

「嗚嗚……不會做這種東西啦……」

「可是妳要送給健太吧？」

「拜託！不要把名字講出來啦～！」

既然是小學五年級的孩子，也算是進入多愁善感的時期了吧。我抱著這樣的想法，只覺得焦急得滿臉通紅的若葉令人會心一笑。

「話說回來，夏樹要把巧克力送給誰呢？」

陽向若無其事地這麼問……我也很在意這件事，陽向問得好。

「這、這個……我……」

夏樹漲紅了臉，往我這邊瞥一眼……咦！

「是、是祕密……」

「啊，也就是說，你有要送的對象啊？」

陽向嫣然一笑，夏樹便害羞地點了點頭。

——拜託，你這樣豈不是會害我想太多嗎……

當我害臊地臉紅，晶鼓起腮幫子，不斷盯著我的臉。

「妳、妳幹嘛啦……？」

「到處捻花惹草……」

「妳在說什麼啊！」

「哼！——看我的！」

她舔掉沾在我臉上的巧克力。

「妳幹嘛啦！」

「像老哥這種人，最好變成巧克力～～！」

那是哪個遊戲的魔人啊……？唉，算了。

「陽向，巧克力都融化了，現在要怎麼做？」

「那接下來——」

我們聽從陽向的指示，暫且和樂融融地繼續製作巧克力。

最後加上美麗的裝飾，每個人都是一臉心滿意足。

但其中讓我有些在意的人，就是月森。

她配合著大家面帶微笑，然而表情卻讓我覺得有些落寞。

我實在很在意，所以當大家開始電玩大賽之後，悄悄呼喚月森。

「月森同學，妳怎麼了？」

「咦……什麼怎麼了？」

「我覺得妳的表情好像有點落寞，放心不下。」

只見月森帶著有些尷尬的神情，領著我上二樓，改變談話地點。

＊＊＊

她帶我來到她跟若葉的房間。

裡面有兩張床與兩張書桌。

這跟進入晶的房間不同，讓我有些緊張。

「你坐那裡吧。」

我按照月森說的，坐在若葉書桌前的椅子上。椅子的高度不太夠，視線高度卻和月森相同。這時候，忽然看見放在月森桌上的某個東西。

「那個手機氣囊支架……」

是我送給她的聖誕禮物。那個東西位於書桌檯燈下方一個小平台上。

「我就想說妳沒有拿來用，原來是當成裝飾品了啊？」

「嗯……這個不能用。」

「啊，我知道了，跟手機不合——」

「不是啦，是太重要了，不能用。」

我的心跳不禁加速。

太重要了——因為在我思考這番話的意義之前，她滿臉通紅的模樣就先映入眼簾。

月森就像想要檢視自己的心跳，把右手放在胸口，左手再慢慢重疊上去。

「真的很謝謝你幫了夏樹那麼多。」

「咦？喔，嗯……是因為有妳從旁幫忙啊……」

「如果只有我一個人，一定什麼都做不到。好久沒看到他笑得那麼開心了。」

「這樣啊……有幫上忙就好……」

她突然提起夏樹，讓我有些疑惑，同時內心也一陣酥癢。

「你為什麼要對我這麼好？」

「咦！妳、妳這麼問，我也……」

話題又一下子跳開了，我顯得非常困惑——

「認識的人有困難，我不能放著不管而已……所以我真的對妳沒有非分之想，真的！」

「是喔……」

月森一臉認真。

我好像說了很不必要的話，覺得自己搞砸了。

「那你對小晶好，跟對我或其他人的好，意義不同嗎？」

「妳這麼問……──」

我從沒想過這種事，所以現在仔細思考了一回。

「我覺得不一樣。我自己也知道，我對晶的好跟對其他人的好，兩者不同。但我們社團的社長一定會嘲笑我是『超出規格的繼妹老哥』啦……」

我帶著苦笑說道，月森依舊維持那張認真的臉。

「我覺得你應該是誤會其中的意義了。」

「咦？」

「超出規格……就是跟平常不同。畢竟你和小晶是名義上的兄妹。」

「這會不會太放大檢視了？她應該是用來形容我『太超過』……」

「不，我覺得大家都發現了。你對小晶的感情，有著更勝珍惜兄妹的某種要素……」

我感覺自己的心跳愈來愈快。

月森到底有多了解我們兄妹呢？

不對，不只是她，如果周圍的人也一樣──

「結姊～～！真嶋大哥～～！」

聽到若葉的叫喊，我回過神來。

「若、若葉在叫了，我們該過去了吧？」

我先行起身，前往房間的門。接著在抓住門把時——

「真嶋同學，我喜歡你——」

即使背對著她，我也不會聽錯。

因為她的聲音是那麼美麗，那麼清澈，那麼有穿透力。

我緩緩回過頭。

「月森同學……？」

「我很喜歡你這種溫柔的個性，喜歡你為了別人努力，喜歡你如此重視小晶。我覺得你這個人很棒。」

月森說著，對我露出一抹笑容。

——啥啊啊啊啊～～……是那種喜歡嗎啊啊啊啊～～……

我吐出一口安心的氣息。

還以為被告白，嚇了一跳。知道不是告白，我鬆了口氣。

「月森同學，謝謝妳。」

「那個，關於這個稱呼……」

「咦？」

「你都直接叫夏樹和若葉的名字，所以我……也差不多該用名字……」

「是要我叫妳結菜同學？」

「不用加『同學』了……還有，我以後也想叫你『涼太同學』。」

「啊，這個……！」

「我想跟你……交個朋友……」

——……嗯？

「我們還不是朋友嗎……？」

「咦……？我們是嗎……？」

我們雙方都紅著臉，現場飄蕩著微妙的氣氛。

話說回來，朋友應該怎麼交來著……？

＊＊＊

離開月森家後，我和晶在回程的路上與陽向分別，變成兩人獨處。

「——事情就是這樣，一種『我得到朋友了～』的感覺。」

晶打從一開始就發現我和月森離席了。她詢問我們都說了些什麼，所以我平鋪直述地把在月森房間裡發生的事告訴她。

「話說回來，老哥，原來人家還不把你當成朋友啊？」

「就是啊。對了，妳對異性朋友有什麼想法？」

「嗯……都聽人家說，男女之間沒有純友誼耶……」

「是這樣喔？」

「舉例來說，對你來說陽向是什麼人？」

「我從來沒想過，不過應該是學長學妹吧？算是友情？反正是類似這種親密的關係。」

從未意識到這方面的事，所以現在仔細想想，還真是個難題。

可能只是把簡單的問題複雜化，但如果有人問我跟陽向是什麼關係，我一定會說她是朋友的妹妹。當晶和她綁在一起，我就會有又多了一個妹妹的感覺。

「對我來說，分類人際關係實在有點難呢。」

「那我跟你呢～？」

「兄妹。」

「好快！你多煩惱幾秒再回答嘛！」

「因為事實就是這樣啊。」

於是晶抓住我的手臂。

「以我的立場來說，你要說『兄妹兼心上人』也行啊……」

「妳是把事情複雜化的天才嗎？那兩者根本難以兼容。」

「不然這兩種選一種呢……？」

「兄妹。」

「我就叫你煩惱一下啊！為什麼要馬上回答啊！」

晶氣得跳腳，但我沒有理會她，兀自回想在月森的房間裡說的話。

「不過……月森也有問我是怎麼看待妳的耶……」

「咦？怎麼問？」

「我對別人的好跟對妳的好，是不是不一樣？」

「那你怎麼回答？」

「我說對，好像只對妳比較特別。」

晶的臉就像沸騰的熱水冒出水蒸氣那樣，突然漲紅。

「若是這樣、若是這樣，代表老哥的心意是！」

「嗯，我們是兄妹嘛。」

「我就叫你煩惱一下啊——！這是內心要糾葛一下的橋段吧——！」

不知道為什麼，我被兇了……但不管了。

反正先別管我的心意如何，我希望自己對待晶的好，是即使屏除「兄妹」、「異性」這些要素，也毫無虛假。

只不過，晶這麼喜歡我，我也確實以深厚的情意回饋她的愛意。

切換情緒實在很難。

感覺偶爾會切換錯誤。

如果我可以老實地用愛意回饋愛意——不對，這麼一來會變成濫情。

所以為了不讓晶心生不安，唯有這件事，我先跟她約好吧——

「晶。」

「幹嘛啦～！我現在還是氣噗噗的喔！」

「我只看著妳一個人。」

「……咦？咦咦咦咦咦～～～～！」

晶又變成熱氣臉（？）了。

「不要發出怪聲啦。」

「因為這不就代表……！」

「對啊，不對……我不是那個意思，是我會好好支持妳的意思。」

「什麼啦？」

「就是副經紀人的工作——妳接下來要踏進演藝圈，所以我會以副經紀人的身分，好好看著妳。」

下個月開始，我們就要進入嚴苛的世界了。

我將會沒有閒暇東張西望。

往後只想專注在晶一個人身上。

「嗚嗚～我是很高興啦，可是跟想要的不太一樣啊～～……」

「不過等這些事都告一個段落……」

「咦？咦？告一個段落之後，怎樣……？」

「……還是當我沒說。」

「這是我希望你講清楚的橋段啊啊啊——！」

晶又氣得跳腳，但回到家時，她已經完全不生氣了。

「對了，老哥……」

「幹嘛？」

「可以告訴我，你的口袋裝著什麼嗎？」

——驚！

「沒、沒有啊……就手機嘛……家裡的鑰匙嘛……」

「你在回家前，收到夏樹送的巧克力了吧？」

「啊，呃……關於這個……」

看來她不是不生氣，而是笑著生氣。

原來如此，看樣子接下來只能努力討她歡心了……

順帶一提，巧克力不只有夏樹送的，還有若葉的，以及月森……結菜的。

話說回來……明天開始要用「結菜」稱呼月森，感覺要費很多力才叫得出來……

＊＊＊

隔天是二月十四日——情人節。

「真嶋學長，這是超真心巧克力♪」

「西山，謝謝了。好開心收到這個人情巧克力喔～」

「呃……喂～喂喂喂～我的心動要素下落不明了喔——」

我在戲劇社的社辦裡，接收社團成員們滿懷感謝我平日的愛護與照顧的禮物。

「真嶋學長，請收下。」

「伊藤學妹，謝謝妳。」

「也請學長收下我的！」

「陽向，謝謝妳。」

高村她們三人組也各別送上巧克力，我的雙手一轉眼就堆滿了禮物。

「真嶋學長，你收了這麼多，回禮的時候一定會很辛苦吧～？」

「西山，妳幹嘛用這種諷刺的口吻啊……」

「從以前開始，市場行情就規定要回送三倍禮，我會期待白色情人節那天喔。」

「妳這個人怎麼這麼不可愛啊……」

「哼！我絕對要變可愛給你看！」

我們說完這些，陽向詫異地望向晶。

「晶，妳不送禮物給涼太學長嗎？」

「我已經在家準備一個特別的禮物了。」

「啊，這樣啊！那妳一定很期待要送他吧？」

「嗯！」

我有意無意地聽著晶和陽向的對話，有些期待她所謂的「特別」究竟是什麼——

＊＊＊

——本該是這樣，但當天晚上……

「您好，我是女僕。」

「我知道，是女僕沒錯……」

晶洗了澡，打理好自己後，原以為她會穿著平常那件居家服，沒想到卻整個人變成女僕了……為什麼？

我當時坐在沙發上，手上的手機還不小心掉下來。

「妳又穿上這件了……？」

「嗯，這是花音祭穿的那件，好久沒穿了。」

「妳喜歡這件衣服嗎？」

「我是希望有人喜歡。」

「誰喜歡？」

「你喜歡。」

——嗚嗚嗚嗚嗚～～～嗯……

當我頭痛得惱人，晶隨著一句「打擾了」坐在我的旁邊。

「妳在幹什麼？」

「呵呵——」

晶從口袋裡拿出長度略長的緞帶，不知道為什麼捲在自己的身上。

「妳到底在做什麼啦？」

「今天是情人節，也是特別的日子！所以意思就是『請盡情享用我』，老哥今天晚上可要捨命陪君子喔～」

「我不記得有把妹妹養成這樣！」

「把我這個妹妹養成這樣的人，就是你——！」

——這傢伙居然惱羞了！

「喂！剛才妳洗澡的時候，老爸和美由貴阿姨他們有聯絡我，說會早點回來——」

「我知道，是你胡謅的～！來嘛來嘛～趕快收下我吧～？」

「慢著慢著慢著——啊！妳沒看到我手上這支手機嗎……奇怪？我的手機在哪裡！」

當我驚慌失措，晶整個人從沙發上方壓住我。

「老哥，來吧。」

「來妳個頭啦，來什麼——！」

就在這個時候——

「啊，找到我的手機了！……哎呀？陽向打來了？」

手機的畫面上顯示陽向來電。

「晶，抱歉。我接一下。」

「那等你講完電話，我們再繼續吧。」

「才不要——喂，陽向？」

『涼太學長！』

不知道她是很著急，還是在哭，那樣的聲音從聽筒另一頭傳來。

「怎、怎麼了！」

『哥哥的房間裡……有信……』

「信？信上寫什麼……？」

『他說要離家出走……』

「啥……？」

——不知道發生了什麼事。

不過光惺似乎離開上田家了。

我不知道應該說什麼話安慰在電話另一頭啜泣的陽向，只能和晶一同趕往上田家。

2 FEBRUARY

2月14日（一）

今天是情人節！

其實大概有想到，老哥會收到很多戲劇社的大家送的巧克力。

所以我覺得普通巧克力一定不會讓他心動，後來想了很多，決定扮成女僕！

老哥的右手還沒痊癒，自從引退賽結束後，我就一路照顧他的生活起居到現在，不過這次我以信心滿滿的氣勢扮成女僕，結果老哥超害羞的！

我好久沒看到老哥害羞的表情了，好可愛！

但也要反省自己不小心得意忘形了……

拿緞帶纏繞自己是我的策略啦，沒想到會卡死……

然後，接下來是嚴肅的話題。

上田學長好像離家出走了……！

陽向在電話另一頭哭，老哥也很擔心，然後我也很焦急。

上田學長，你在幹嘛啦！

怎麼能讓陽向傷心難過啊！

算我拜託你，不要丟下陽向一個人啊。

要一直叫我矮冬瓜也無所謂啦！

總之我緊急換了一件衣服跟老哥一起趕往陽向家。

至於後續，等塵埃落定了再寫出來！

後記

Jitsuha imouto deshita.

大家好，我是白井ムク。請容我在此寫下《其實繼妹》第五集的後記。

這一集是有泳衣，有運動骨氣，而且充滿朝氣的故事。在這些情節當中，晶和涼太的情誼會愈來愈穩固，同時跨出一步深入涼太的過去。

涼太現在和晶以及朋友們開心地生活，但依舊受母親的身影折磨。另一方面，晶想在背後支持老哥，因為她的努力，涼太也學到依靠家人的重要性。涼太宣稱今後只想專注在晶身上，然而他到底能否擺脫過去的陰影呢？還是說……

此外，第四集登場的神祕美少女——月森結菜，她的內情也會逐漸明朗。她重視家人的想法和涼太相同。在這一集中，結菜求助於涼太，不知道對今後的故事會產生什麼影響？最後則是上田兄妹——要迎向所有人的「皆大歡喜結局」，似乎還會有一波亂流。我還想繼續寫出後續，所以麻煩各位未來也務必支持《其實繼妹》。

以下是謝詞。

每當出了新的一集，想感謝的對象就會增加，非常開心。

平時不吝給予支持的竹林責任編輯、Fantasia文庫編輯部的所有人士，以及各位相關人士，在此獻上深深的感謝，謝謝各位盡心盡力出版第五集。

千種みのり老師，您這次也畫出非常精湛的插畫，打從心底感謝您。往後希望我們繼續合作，一起創作讓讀者們開心的事物。

另外還要向因漫畫化而結識的堺しょうきち老師，以及編輯部《DRAGON AGE》的各位致上深深的謝意。很期待第二集還有以後的故事。

然後還要謝謝在背後支持的結城カノン老師與所有的家人。平常都是我依賴你們，往後會精進自己，成為大家的依靠。

衷心感謝支持本系列作的讀者們。謝謝你們在社群網路上發出讓人感受到你們都愛著《其實繼妹》的訊息。如今咀嚼著各位素日給予支持的幸福感，藉著這個場合，向各位致上深深的謝意。

最後衷心祈禱與本作相關的人們幸福美滿。

於滋賀縣甲賀市滿懷著愛意。

白井ムク

國家圖書館出版品預行編目資料

其實是繼妹。：總覺得剛來的繼弟很黏我/白井ムク作；楊采儒譯. -- 初版. -- 臺北市：臺灣角川股份有限公司, 2024.03-
冊； 公分. -- (Kadokawa fantastic novels)
譯自：じつは義妹でした。～最近できた義理の弟の距離感がやたら近いわけ～
ISBN 978-626-378-653-0(第5冊：平裝)

861.57　　113000371

其實是繼妹。~總覺得剛來的繼弟很黏我~ 5

（原著名：じつは義妹でした。5～最近できた義理の弟の距離感がやたら近いわけ～）

2024年3月18日　初版第1刷發行

作　者：白井ムク
插　畫：千種みのり
譯　者：楊采儒
發行人：台灣角川股份有限公司
總　監：呂慧君
總編輯：蔡佩芬
主　編：林秀儒
編　輯：楊芫青
設計指導：陳晞叡
美術設計：莊捷寧
印　務：李明修（主任）、張加恩（主任）、張凱棋
發行所：台灣角川股份有限公司
地　址：104台北市中山區松江路223號3樓
電　話：（02）2515-3000
傳　真：（02）2515-0033
網　址：www.kadokawa.com.tw
劃撥帳戶：台灣角川股份有限公司
劃撥帳號：19487412
法律顧問：有澤法律事務所
製　版：巨茂科技印刷有限公司
ＩＳＢＮ：978-626-378-653-0